短編小説集

午前零時の歴代校長会議

金城 毅

JN151471

ボーダーインク

午前零時の歴代校長会議　目次

目次

ハーモニー

清君《きよし》が今日も学校を休んだ。その理由をぼくは知っている。だがそれを心の奥底に沈めることによってクラスの平穏は保たれている気がした。『やってはいけないことをやっている』という罪の意識の共有は、連帯感を強めるとともにある種の快感を伴いながら麻薬みたいに常習化し麻痺していく。

「清君は今日も気分が悪いんだって」

それだけ告げると担任の裕子《ゆうこ》先生は教科書を開いた。先生は清君が欠席してくれてほっとしているのだろうか。

「あいつ仮病だぜ」

「ほんと、ほんと」

「休んだほうがせいせいするぜ」

そんな声も制止されることなくざわついたまま授業が進められていく。

『みんな仲良く楽しいクラス』と記された掲示物が涼しくなりかけた秋風に揺れている。

「さあ、みなさん、どんなクラスにしたいですか。先生は、一人ひとりの個性を大事にしたいと思います。みんなちがってみんないいんですよ。先生はみんなが仲良く楽しいクラスにしていきたいと思います。よろしくお願いします」

始業式の日に元気はつらつとみんなに声をかけていた裕子先生。あのときの笑顔は消えている。清君をめぐるトラブルによって教師としての自信とプライドは押しつぶされていた。

いや、それよりも清君の行動を面白がり、はやし立て、けしかける男の子たちの存在のほうが裕子先生の笑顔を奪っていたのかもしれない。

「清って本当に空気読めないよな」

「あいつ宇宙人だよ、まったく」

相変わらずあの三人組がおしゃべりを続けている。健《けん》太《た》と義彦《よしひこ》と良太《りょうた》だ。

「静かにしてください」

祐子先生がついに声を上げた。

「祐子先生おかしいんじゃないですか。清が大声出しても席を離れても注意しないのに、いつもぼくらだけ注意するんだよね。それってひいきじゃないですか。なあ、みんなそうだよな」

すかさず健太がみんなに向かって言う。

「そうだ、そうだ、ひいきだ。清だけ特別扱いしているんだよ」

義彦も良太も声を上げた。ぼくは静かにしている。彼らの言いがかりであり、わざと先生を困らせようとしていることは明らかである。でもぼくは何も言わなかった。みんなも黙っている。奴らに睨まれるのが怖いだけではない。火事場を遠巻きに見る心理に似ている。退屈な授業より、彼らのわがままな行動を安全な場所で傍観《ぼうかん》するのも悪くない。

「それは違います。ひいきはしていません。目が悪い子はめがねをかけます。足に障害があって歩けない子は車いすを使います。それを認めるのはひいきですか。同じように心に障害があってじっと座ることができなかったり、急に声を上げずにはいられない子もいるんです。本人はわざとやってはいません。わかってもらえませんか」

涙声になりながら祐子先生が訴えるように言った。

「わかりません」

健太が挑戦的な声で言った。

「ぼくもまったくわかりません」とふざけた口調で義彦が続けて言う。

「洋《ひろし》！　おまえもそう思うだろう。清といつも一緒に遊んでいるから、なんであいつだけわがままがゆるされるなんて変だと思っているよな」

突然、健太がぼくに問いかけてきた。祐子先生の視線もぼくに注がれる。返事に困っていると、追い打ちをかけるように良太がぼくに向かって聞いてきた。

「おい洋。本当は洋も清とは一緒に遊びたくないよな。迷惑だと思っているんだろう。そうだろう。清の親から頼まれているから遊んでいるって言ってたよな」
半分当たっているけど半分は違う気がしたが、小さくうなずいた。
ぼくは、幼なじみの清君が嫌いで

はないし、遊ぶのもイヤではない。ただ二人だけになるのはイヤだった。清君が学校に来なくなった本当の原因は、ぼくが彼を敬遠するようになったからだと思うと、心がうずく。

いや違う。ぼくはすぐにうち消した。小学校六年生ともなれば、まわりの空気を察知するのが苦手な子の居場所なんてどこにもない。お互い気を使いながら、自分の居場所を確保するために必死に生きている。先生に嫌われるよりも友だちから無視されることのほうが圧倒的に怖い。だいたいみんなそうなのだが、清君は違う。幼稚園のころから人とうまく関わることができなかった。学年が上がるにつれて面倒くさいやつだと思うことが増えてきた。

「清君が学校に来なくなった理由はね――」

言いかけて祐子先生が泣き出した。

「俺たちのせいじゃないぜ。清がわがままだから仕方がないんだよ」

健太がみんなが言いたいことを代表して言ったような気がした。

大人になるということは、人に合わせることができるようになることかもしれない。みんなそうして成長しているのに、清君だけ置いてきぼりを食らっているような気がする。

「清君が学校に来れなくなったのは先生のせいです。清君を守ることが出来なかった先生が悪いんです。それに合唱コンクールの指揮者に頼んだのが重荷になってしまったと思います」

祐子先生が涙を拭きながら静かに言った。それは違うと思った。ぼくらは清君が困るところを見たくて指揮者を押しつけたのだ。ぼくは空っぽになっている清君の席を見つめながら先週の出来事を思い出していた。

「合唱コンクールの指揮者をやりたい人いませんか」

裕子先生の呼びかけに誰も手を挙げる者はいなかった。

「清君がいいと思います」とふざけたように健太が言うと、

「ぼくもそう思います」

「ぼくも清君がいいと思います」

すかさず義彦と良太が賛同した。その声につられて拍手が起こった。ぼくも大きく拍手をした。清君はというと、ニコニコしていた。みんなの意地悪な魂胆も彼には通じないのかと思っていると、清君と目があった。ぼくに助けを求めるような目である。彼は笑っているのではなく、笑うしか術《すべ》を知らないのである。ぼくは視線をはずした——。

あの悲しそうな目を思い出していると、後ろの席から陽子ちゃんの声が聞こえた。

「先生！」

ぼくは振り向いて清君の空っぽの席から幼なじみの陽子ちゃんに目を移した。きりっとした目で教壇で立ちつくす祐子先生を見つめている。

「そうです。祐子先生が悪いんです。あいつらをのさばらすからいけないのです。健太も義彦も良太もいいかげんにしなさいよ。そして、洋、あんたもしっかりしなさいよ。友だちなんでしょう」

端正な顔つきにショートカット。頭がよくて運動ができて、ピアノも上手に弾ける。幼いころはいつも清君とぼくと三人で一緒に遊んでいたのに、いつの間にか遠くから見守るしかない存在になっていた陽子ちゃん。

「みんなで清君を指揮者に選んだんでしょう。責任は先生だけではなくみんなにあるんだからね。真剣に合唱の練習しようよ。清君の指揮にみんなが合わせればいいのよ。伴奏も清君に合わせるように頑張るから」

いつも冷静な陽子ちゃんがみんなに向かって声を張り上げた。そして最後はため息をつきながら席に着いた。彼女の発言にあの三人組すらおとなしくしていた。

ある意味、清君と同じように陽子ちゃんもクラスの中で浮いているんだ。誰もが一目をおきながらも近寄りがたいオーラを発しているからだ。大人の階段を一人だけ駆け上がり、ぼくもみんなも取り残されているような気がしていた。それでもぼくはいつも彼女の姿を探していた。そして目が合うと、どぎまぎして目の置き場に迷ってしまうのだった。

陽子ちゃんは授業が終わると、すぐにぼくのところに近づいてきた。

「あんたさー」

まったくの上から目線だ。そうだった。幼稚園のころから清君もぼくも彼女の子分だったのだ。その関係はいやでなかったし、むしろ居心地のいい思い出として残っている。

「なんだよ」

彼女の胸のふくらみに視線がいってしまい、それを悟られるのが怖くて、ぼくはぶっきらぼうに答えるしかなかった。

「清君が学校に来なくなったのは自分のせいだと思っているでしょう」

ぼくの心を見透かしたように聞いてきた。

「それは見当違いだからね。最近、清君を避けているのは知っているけどね。それが原因ではないことは確かよ」

ふと、陽子ちゃんはさびしそうな表情を見せた。強いけど弱い。厳しいけど優しい。彼女がかわいらしく見える一瞬だ。

「きっと私のせいよ」

言っていることの意味がわからなかった。

「合唱の練習が始まった日の事よ。清君の指揮をみんな笑ったよね。ぎこちない指揮を馬鹿にしたよね。私ね、怒りながら伴奏していたのよ。みんなにも。清君にも。その日の放課後、音楽室に清君を呼んで二人だけで練習したの。でもね、ちっとも上手にならないの。ふざけているように思えたのよ。ついに言ってしまったの」

ぼくの目を見つめながら陽子ちゃんが続けた。

「清君に向かって『幼稚園のころからちっとも成長してないわね。もう、面倒見きれないわ』と言って音楽室から飛び出したのよ。今でも清君の悲しそうな表情が浮かんで来るのよ。学校に来なくなったのは次の日からよ」

親分に見放される子分の気持ちがぼくにはよくわかるような気がした。ぼくだって陽子ちゃんに嫌われたら学校へ行きたくないと思うに違いない。ただ、陽子ちゃんを悩ましている清君に対して、なんだか嫉妬《しっと》のようなものを感じた。もしかすると、健太たちの祐子先生への態度《たいど》は、清君を寛大《かんだい》に扱うことへの嫉妬なのかもしれない。

「洋君にお願いがあるのよ」

陽子ちゃんがめずらしくぼくに頼み事をしてきた。ぼくは嬉しくなった。

「今日、一緒に清君の家に行って欲しいの」

そんなのは簡単なことだった。清君のことが気になって仕方なかったし、清君に会いたいと思っていたところだったからだ。

「じゃ今日の放課後ね」

ぼくの返事を待つことなく勝手に決めていた。いつもの陽子ちゃんに戻っていたので安心した。


その日の夕方、ぼくたち二人の姿は清君の家の前にあった。チャイムを押す前に、柵の向こうからしっぽを振りながら犬が近づいてきた。

「チャーリー!!」

二人の声が重なった。チャーリーに会うのは何年ぶりだろうか。忘れてないらしく柵の隙間《すきま》から陽子ちゃんの手をなめている。チャーリーの甘える泣き声が聞こえたらしく玄関のドアが開いた。

「あら」

清君のお母さんがびっくりした声をあげた。

「よく来てくれたわ。嬉しいわ。陽子ちゃん、洋君、ひさしぶりね」

あのころと同じように満面の笑みで二人を迎え入れた。

「ずいぶん大きくなったわね、洋君。陽子ちゃんも立派なお嬢ちゃんになって」

清君のお母さんはぼくたちを交互見比べながら、大事なお客様をもてなすように応接間へ案内してくれた。

「清、清、お客様よ」

しばらくすると清君が二階からニコニコしながら降りてきた。そしてうれしさを爆発させたみたいにソファーで飛び跳ねた。

「清君、できるかしら。洋君と陽子ちゃんにジュースとお菓子出して」

「あいさー」

おどけたポーズをみせると、清君は応接間を出て行った。

「二人が訪ねてくれて清はとても喜んでいるわ。友だちが来てくれるなんてほとんどないから私も嬉しいわ」

お母さんの喜ぶ姿が大きい分だけ、長いこと遊びに来なかったことを責められている気がした。

「いつも、学校でうちの清と遊んでくれてありがとう。洋君と楽しく遊んだことを毎日のように聞かせてくれるのよ」

ぼくはお母さんの言葉の意味を図《はか》りかねて返事に困る。

「陽子ちゃんには合唱コンクールの練習を見てもらっていると喜んでいるのよ。本当にありがとうね」

陽子ちゃんも言葉を探しあぐねている。

「清君、どうして学校休んでいるの」

ぼくは思い切って聞いた。

「心配してくれてありがとう。朝起きると頭が痛くなったり、お腹が痛くなったりするらしいの。熱もないし、病院へ行っても

原因がわからないのよ」

『その原因はぼくなんだよ。ぼくが清君を邪険《じゃけん》に扱っているからだよ』と言いたかった。きっと陽子ちゃんも『私のせいよ』と言いたかったに違いない。

「清君はそのほかに何か言ってなかったの」

陽子ちゃんが探るように聞いた。

「いつもあなたたち二人の話はするわよ。清君と一緒に遊んでいることや陽子ちゃんに勉強を教えてもらっているって、目を輝かして嬉しそうに言うのよ。でも、本当は迷惑かけているんじゃないの」

不安げな表情で聞いてきた。

「ちっとも」

二人は同時に首を振って否定した。

「それは、良かった。私ね……」

なにか言いかけて、清君のお母さんは遠くを見つめた。二人に視線を戻すと、にこっと笑って話しを続けた。

「幼稚園のころあなたたち二人がうらやましかったのよ。挨拶も上手だし。靴ひももちゃんと結べるし。二人が帰ったあと何度もなんども靴ひもを結ぶ練習を清にさせたのよ。どうしてうちの清はできないんだろうと思ったのよ。『ダメ』『ダメ』と何回も繰り返すうちにあとは清が泣き出してね。本当につらい思いをさせてしまったわ。最近は、清は清なんだと思えるようになってきたの。優しい子よ。本当に」

最後の言葉は二人に言いたかったことなのか、自分自身に言い聞かせる言葉だったのかよくわからない。ただ、清君が素直で優しいことはよくわかっているつもりだ。

「はい、どうぞ」

清君がお菓子とジュースを持って来た。

「おいしいね」と言いながら、清君は真っ先にお菓子を食べジュースを飲みはじめた。

清君と陽子ちゃんと一緒に食べるおやつは何年ぶりだろうか。懐かしさと甘さが溶け込んだような味がした。

「清君、明日は学校においでよ」

清君に約束するとぼくたちは家を出た。

「ねー洋君、清君変わらないね」

並んで歩いている陽子ちゃんが言った。その顔を夕日が赤く染めている。

「うん変わらない」

幼稚園のころからそうだった。人と関わるのは上手ではないし、突拍子もない行動はするけど、人の悪口を言ったり、妬《ねた》んだり、意地悪をすることはなかった。ピュアなのだ、清君は。

「今度の合唱コンクール優勝しようね」

足を止めた陽子ちゃんがぼくに握手を求めてきた。手をつないだ影が後ろの方に長く伸びている。心地よい秋風が、ぼくたち二人のほほをなでる。

「ぜひ優勝しよう」

ぼくは、陽子ちゃんの手を少しだけ強く握り返した。その手は思いのほか柔らかかった。


翌日、清君がニコニコしながら登校してきた。さっそくあの三人組が清君に近づいていく。ぼくはすぐに清君に駆け寄った。

「朝練しようぜ」

ぼくは清君の手を引いた。

「さあ、みんな音楽室で合唱の練習するよ」

陽子ちゃんがみんなに声をかける。

「健太、良太、義彦もついておいで」

陽子ちゃんの有無を言わさない呼びかけに三人ともついてくるしかなかった。

こんなふうにしてぼくら六年二組の合唱コンクールに向けての練習は始まった。

祐子先生がぼくらの練習を見守る。陽子ちゃんがぐいぐいみんなを引っ張る。清君は頑張って弱音をはかない。ぼくらをやる気にさせたのは、祐子先生の褒め言葉と陽子ちゃんの強引さと清君のひたむきさだった。

「健太君、すごくいい声しているね」

「良太君も義彦君も口の開け方すごい」

「さすが陽子ちゃん」

「清君、いい調子、いい調子」

「洋君、ありがとうね」

祐子先生は、ぼくたちに気持ちのいい言葉を浴びせつづけた。

「できないところにばかりに目がいってしまって、注意ばかりでごめんね」

朝の練習が始まる前に裕子先生はみんなに素直に謝ったのである。きっと頑張って褒めているのだろう。

裕子先生に褒められた健太君は、嬉しさを隠しながら一生懸命歌っている。

ぼくたちの目の前で一生懸命指揮をする清君は、これまで失敗して叱られることが多くて、いつも落ちこんでいたんだろう。それでもぼくが運動会のかけっこで転んだとき、走るのをやめて「だいじょうぶ、だいじょうぶ」と声をかけてくれた優しいやつ。今度はぼくが「だいじょぶだよ。だいじょうぶだよ」と励ましのエールを送ろう。


その日が来た。合唱コンクール会場にはお父さんやお母さんたちも駆けつけている。

いよいよぼくらの出番だ。練習したように清君がみんなを見渡たす。まずまずの滑り出しだ。ピアノを伴奏する陽子ちゃんと目が合うと清君は両手を構《かま》えるはずだ。緊張しているのか、なかなか手があがらない。

これはまずいと思ったとたん、清君がにやっと笑って手を構えた。陽子ちゃんが奏でるメロディが始まった。清君がリズムに合わせて体を揺らしながら笑っている。実に楽しそうに、そして、両手で踊るようにリズムを刻んでいく。

彼の笑顔につられるように、ぼくらも笑顔で歌う。歌うことはこんなにも楽しいことなんだ。清君の手に操られてみんなの声が一つになる。高い声や低い声。男の子の声と女の子の声。違った音が一つになりすてきなハーモニーとなって会場に響いている。

大きな拍手と歓声に、ぼくたちは歌い終わったことに気がつく。

清君が深々と頭を下げている。さらに大きな拍手が巻き起こる。

清君のお母さんが泣いている。祐子先生が泣いている。

まさかと思ってピアノの前の陽子ちゃんを見たら、ぼくに向かって笑顔でピースサインを送ってきたんだ。

おばあちゃんの特別な日

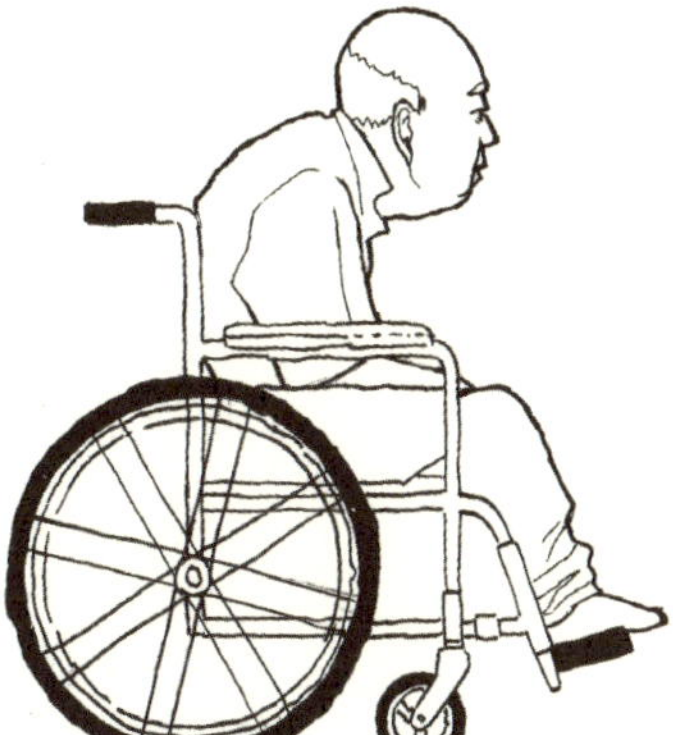

「宏和《ひろかず》。宏和。早く起きて。お願いだから起きてちょうだい」

母さんの声が階下から聞こえる。ぼくは頭まで毛布をかぶりなおしたが、朝のざわめきは隙間《すきま》から飛びこんでくる。どうも世の中の動きとぼくの体内時計は一致していないようだ。母さんの感情に操《あやつ》られた食器どもが、やたら大きな音を立ててぼくを責め立てる。

「おやじ、わがまま言うなよ」

続いて父さんの声が聞こえてきた。父さんがいら立ちをぶつけている『おやじ』とは、ぼくのおじいちゃんの事だ。おじいちゃんは、ぼくが小学校三年ごろから寝たきりで、昼間はデイサービスに通っている。

「おやじ、お願いだからデイサービスに行ってくれよ。家にいても誰も面倒を見る人がいないんだよ。トイレはどうするの。お昼ごはんも食べさせてくれる人がいないと自分一人では食べることができないでしょう。おやじ、困らさないでくれよ」

父さんが言う『わがまま』とは、おじいちゃんがデイサービスに行き渋《しぶ》っていることらしい。父さんにとっては、ぼくが学校へ行きたくないことも『わがまま』の部類にくくられるに違いない。

「宏和。宏和。今日も学校へ行かないつもり。いい加減にしてよ。早く起きて朝ごはん食べなさい。遅くまでゲームしてたんでしょう。返事ぐらいしなさいよ。母さんを困らせないでよ。父さんもなんか言ってちょうだい」

今度は母さんの怒りの矛先が父さんに向かいはじめている。覚悟したとおりに階段を強く踏みしめる音が聞こえたと思ったら、ぼくの部屋のドアが勢いよく開けられた。

「宏和、起きろ！」

父さんの怒鳴り声と共にぼくの毛布がはぎとられた。ひんやりとした空気がぼくを襲ってくる。

「父さん、お腹が痛い」

ぼくは瞬時に体を丸めお腹を押さえた。

「痛い。痛い」

思ったよりもスムーズに言葉が出る。言葉に出すと手で押さえた部分に痛みを感じはじめた。学校へ行きたくない気持ちに体が反応しているようだ。

「仮病だろう」

「本当に痛いんだよ。お父さん」

ぼくはさらに体を丸めた。

「そんなに痛みが強ければ病院へ行かないとダメだろう。それとも救急車を呼ぶか」

お父さんは、脅しとも探りとも思えるような言葉をかけてきた。

「いや、少し休めばだいじょうぶだと思う。今日だけ休ませてお願い」

「そうか、じゃあ今日は家で休むとするか」

父さんがあっさりと認めてくれた。

「その代わり、下で寝ているおじいちゃんの面倒を頼んだぞ。六年生ならできるだろう」

「えっ」

ぼくは思わぬ展開に言葉を失った。おばあちゃんが亡くなった後も、おじいちゃんは一人で畑仕事を続けながら、ぼくをあちらこちらに連れて行ってくれた。小さいころのぼくのそばにはいつもおじいちゃんがいてくれた。でも、転んで腰の骨を折って歩けなくなってからは、抜け殻みたいにぼーっとすることが多くなってしまった。

リハビリだけでなく、新聞を読むことやテレビにも興味を示さなくなったおじいちゃんは、口数が減り表情がなくなっていた。そんなおじいちゃんをぼくは避けるようになっていた。何もできなくなっていくおじいちゃんの姿を見たくないというよりも、優しくなれない自分に向き合うことから逃げたのかもしれない。

「ごはんの準備して置いてあるから、おじいちゃんに食べさせてあげてね。呑み込みが悪くなっているから、食べやすいように細かくして切ってあげるんだよ。聞こえているの。降りてきて聞いてちょうだい。大事な事なんだから」

お母さんの指示する声が聞こえた。お父さんとお母さんの間では、ぼくが学校を休んでおじいちゃんの面倒を見ることで話がついたようだ。

「わかった。わかった。だいじょうぶだから」

ぼくは階下まで聞こえるように大きな声で言った。

「宏和、頼んだぞ」

お父さんの声のあとに玄関のドアが閉められる音が聞こえた。

「宏和、おじいちゃんの事よろしくね」

その声を残してお母さんも家を出た。お母さんの車のエンジンの音がだんだん離れていき聞こえなくなると、家の中に静けさが訪れた。それとともに心細い気持ちに襲われはじめたときだった。

「ドスン」と音がするとともに、おじいちゃんのうめき声が聞こえた。

ベットから落ちたに違いない。

ぼくは急いで一階へ駆けおりた。介護ベットの傍《かたわ》らにおじいちゃんが転んでいた。

「おじいちゃん、だいじょうぶ？」

ぼくはおじいちゃんを抱き起し、ベットに腰かけさせた。おじいちゃんは思ったより軽くて小さくなっていた。

「宏和がいてくれて助かったよ。ありがとう。やはり自分一人では立てないみたいだな」

おじいちゃんは、悪いことが見つかってしまった子どものように、誤魔化し笑いを浮かべながら言った。ぼくが助けにくることを計算に入れていたのかもしれない。意外と平気な顔をしていた。

「大きな音がしたけど、どこかケガしてないの。痛いところはないの？」

「だいじょうぶ、だいじょうぶ、それより手を貸してくれないか」

おじいちゃんの手を引っ張って立たせてあげようとすると、おじいちゃんはバランスを失いよろめきながらぼくに体重を預《あず》けてきた。ぼくはつかんだ両手をしっかりと支えた。

「情けないね。赤ちゃんみたいでしょう」

おじいちゃんはすまなさそうに言った。ぼくは返事に困った。冗談を言ってごまかす言葉さえ見つからない。ぼくに自転車の乗り方を教えてくれたおじいちゃん。魚釣りを教えてくれたおじいちゃん。花や虫や野菜の名前を何でも知っていたおじいちゃん。ぼくの自慢のおじいちゃんは、どこへ行ってしまったのだろう。

「どうした宏和、へんな顔して。そうだ、一緒におばあちゃんに挨拶しよう。仏壇の前まで連れて行ってくれるか。今日は特別な日なんだ」

「特別な日」

「今でもあの日の事は忘れられないよ」

何かを思い出すかのように遠くを見つめたあと、ぼくに視線を戻した。

「ずいぶん大きくなったね、宏和。おばあちゃんも喜んでいると思うよ。さあ行こう」とぼくを促《うなが》した。今日のおじいちゃんはいつもと違って見えた。元気だったころのように目が輝いていた。ぼくは車いすにおじいちゃんを腰かけさせて、仏壇の前に移動した。

「長い人生いろいろあるさ。なあ、おばあちゃん」

おじいちゃんは仏壇の横に飾られた写真に向かって言った。

「生きていてほしかったなあ」

ぼくに聞こえるように言ったのか、写真に向かって言ったのかよくわからない。

「今でもね、玄関を開ける音が聞こえると『ただいま』っておばあちゃんが戻ってきそうな気がするんだよ」

おじいちゃんは、戻ってくるはずのない人をずっと待ち続けているんだと思うと、切なくなってきた。そんなぼくの思いを振り払うようにおじいちゃんが問いかけてきた。

「宏和、どうして学校休んだの。本当はお腹は痛くないだろう」

ジャブなしのストレートな質問である。おじいちゃんに優しく見つめられると涙が出そうになった。

「昨日も一昨日《おとつい》も休んだそうだね。学校で嫌な事でもあったのかなあ。誰かにいじめられているのかい。言いたくないことは、言わなくてもいいよ。ほら、おばあちゃんも心配しているよ」

いじめられていることを認めると自分の弱さを認めることになるような気がした。おばあちゃんの写真もぼくの言葉を待っているかのように見つめている。ぼくはこぼれてくる涙を拭《ぬぐ》いながら言った。

「おじいちゃん、ぼくは学校で独りぼっちなんだ。誰もぼくと遊んでくれないんだよ。学校へ行くのが嫌なんだよ」

ぼくはおばあちゃんの写真を見た。おばあちゃんも心配そうな顔でぼくを見ているような気がした。

「それはつらいだろう。おばあちゃんも一緒に聞いているから話してごらん」

ぼくは、車いすに座っているおじいちゃんの肩を揉みながら学校での出来事を思い起こしていた。

それは六年生になって突然起こった。

「あいつ、威張っているよな」

ぼくに聞こえるように雄一《ゆういち》が言った。「あいつ」とはぼくの事だったのだ。それを聞いていた豊《ゆたか》も言った。

「そうだ、あいつは調子に乗っているよ。昔から空気が読めなかったよな」

二人はぼくをチラチラ見ながら言っている。

聞こえてないふりして近づこうかと思ったけど、決定的なダメージを食らうのが嫌でその場を離れた。

ぼくと雄一と豊は小学校に入学して同じクラスになったときから何をするにも一緒だった。習字教室やそろばん教室にもそろって入り、そろってやめた。一緒に入った少年野球チームだけは現在も続いている。学年は三クラスあり、六年生に進級して三人同じクラスになったと喜んでいたのは、ついこの間の始業式の日だった。

新学年が始まってしばらくして二人がぼくを避けるようになった。そのころからクラスの男子全員がぼくによそよそしい態度を示すようになったのである。

具体的に何かをされたという事ではない。「何もしない」ということを皆《みな》でしたのである。集団の中の孤立はきつい。

ぼくのプライドが根こそぎはぎとられるような感じがした。やはりぼくは威張っていたんだろうか。調子に乗っていたのだろうか。自問自答の行きつく先は学校へ行きたくないという選択肢だった。

ぼくは肩を揉んでいた手を止めておじいちゃんに聞いた。

「ねえおじいちゃん。仲間外れにされたことある」

「仲間外れにされているのかい。それはつらいだろうね」

肩の上にあったぼくの手におじいちゃんの手が重なった。

「先生には言ったかな?」

「言ってない」

「そうだよね。わかるよ、その気持ち。父さんにも母さんにも言ってないでしょう。母さんには心配かけたくないし、父さんには弱いところは見せられないよね」

「ぼく、どうしたらいいかわからないよ。なぜみんながぼくを無視しているのか意味がわからない」

「意味を探しているのかい。いじめにあまり深い意味なんてないよ。あるのは宏和が困っている事実と困っている宏和を見てみんなが喜んでいる事実だけかな。いや、それもちょっと違うな」

おじいちゃんは、続けたい言葉を飲みこんだようだ。

「宏和、おばあちゃんに報告することはないかい」

ぼくは少し考え込んだ。五年生の修了式の日にもらった通知表や賞状はまだ仏壇に飾られたままだ。『まずは、いい事も悪い事もおばあちゃんに報告するんだよ』物心ついたころからおじいちゃんだけでなくお父さんやお母さんからも言われつづけたセリフだ。

「あっ。忘れていた」

ぼくはあわてて手を合わせながら続けて言った。

「おばあちゃん、ありがとう。おばあちゃんにお願いしたおかげで野球チームのキャプテンになれたし、クラスの委員長にも選ばれたよ」

高学年になると、報告よりもお願い事が増えていった。テストの結果であったり、かけっこであったり、野球の勝敗だったり。天国にいるおばあちゃんは、だいたいぼくの味方をしてくれた。六年生になって『キャプテンになれますように』『委員長になれますように』と二つのお願いをしたら、二つともかなえられたのだ。

「それは、すごいね。野球チームのキャプテンと学級委員長に選ばれたんだ。えらい、えらい。おばあちゃんも大喜びだよ。きっと」

おじいちゃんが嬉しそうに言った。

「ところで宏和、キャプテンや委員長はどのようにして決めたの？」

おじいちゃんは優しく聞いてきた。

「立候補だよ。野球チームの監督がキャプテンをやりたい人はいないかと聞いてきたのですぐに手を挙げたんだ。ぼくのほかには誰もやりたいと名乗り出た者はいなかったので監督が『まかせたぞ』と言ってくれたんだよ」

「そうなのか」おじいちゃんの小さなつぶやきが聞こえた。

「学級委員長にも進んで立候補したんだよ」

ぼくは自慢げに言った。

「それも宏和一人だけ立候補したのかい？」おじいちゃんは確かめるように聞いてきた。

「いや、優子ちゃんは立候補ではなくて推薦されたよ。二人だったので優子ちゃんが副委員長ならやってもいいというから、ぼくが学級委員長になったんだよ」

「そうか。優子ちゃんは推薦されたんだ」またおじいちゃんの小さなつぶやきが聞こえた。

「他にも野球チームのキャプテンや学級委員長をやりたかった人もいるんじゃないの？」

「いや、ぼく以外誰も手を挙げなかったよ」

「本当はやりたかった人がいたんじゃないかな？」

『本当はやりたかった人』ぼくは自分に問いかけるようにおじいちゃんの言葉を繰り返しながら「威張っている。調子にのっている。空気が読めない」と話していた雄一と豊の顔を思い浮かべた。

チームの中で最も野球の上手な雄一もキャプテンをやりたかったのだろうか。チームメイトは雄一にキャプテンをやってほしかったと思っている事はうすうす感じていた。

豊も優子ちゃんと一緒に学級委員をやりたかったに違いない。豊が優子ちゃんのことが好きかもしれないってことは、なんとなく感じていた。でもそれはぼくだって譲れない。考えてみると思い当たる節がないわけではない。

「宏和、何か思い当たることがあるよね」

ぼくは小さくうなづいた。

「じゃ、だいじょうぶだ。気が付くことが大事なんだよ。相手を変えようとせず、宏和が変わればいいんだから。おばあちゃん、宏和は素直でいい子に育っているよ。宏和を見守ってあげてね。さあ朝ごはんを食べよう」

ぼくはおじいちゃんと一緒に食卓に向かった。おじいちゃんは一人で食事ができないので、ぼくが食べさせてやらないといけない。そういう約束だった。

おじいちゃんは、大好きなお芋から食べはじめた。すると突然おじいちゃんの様子がおかしくなった。「あぁっ」苦しそうに胸を叩いている。芋をのどに詰まらせたようだ。母さんが言った「小さく切ってあげてね」という大事な事を思い出して、しまったと思いながらおじいちゃんの背中をさすったが、ますます苦しそうにしている。

おじいちゃん、ごめんなさい、ごめんなさい、どうすればいい、どうすればいい。

あっ救急車！　救急車をよばなくちゃ！　ぼくは、ようやく気がついた。１１９を押す手が震えているのがわかる。

『火事ですか、救急ですか』受話器の向こうから声が聞こえる。落ち着いて、落ち着いてと自分に言い聞かせる。

「救急です。おじいちゃんが、おじいちゃんが」

次の言葉がなかなか出てこない。ぼくの視線の先には、車いすに乗ったまま苦しんでいるおじいちゃんがいる。

『おじいちゃんがどうしたんですか』

ぼくは、深呼吸をして応えた。

「おじいちゃんが、食べ物をのどに詰まらせて苦しんでいます。救急車をお願いします」

『救急車が向かいます。それまでできることやってください』

ぼくは意を決して電話で指示されたとおりに肩甲骨《けんこうこつ》の間を何度もたたいた。なかなか吐き出してくれない。続けて車いすから抱き起し背後に回って両手でみぞおちの上あたりを強く圧迫するように何度も突き上げた。

「うっ」とうめき声が聞こえた。しかし、おじいちゃんは苦しそうに目を閉じたままだ。まもなく救急車が到着して、おじいちゃんは病院へ運ばれた。ぼくも一緒に救急車に乗った。

病院につくと、おじいちゃんはすぐに救急処置がほどこされたけど、目を覚ますことなく、まだベッドで寝たままだった。しばらくして父さんも母さんも駆けつけた。

「宏和、偉いぞ。救急隊員がお孫さんの落ち着いた救急措置で助かったと言っていたぞ」

そうお父さんは言ってくれた。でも、ぼくはお芋を小さく切ってあげなかったんだ。そのことは言えないままお父さんに尋ねた。

「ねえお父さん、おじいちゃんが今日は特別な日だと言っていたけど、どうして特別な日なの。誰かの誕生日?」

お父さんとお母さんが顔を見合わせ何かを確認したようだった。

「これから、話すことはいつか宏和に伝えなければならないことだと思っていた。おやじ、ぼくから言うよ」

お父さんは、目が覚めないままベットで横になっているおじいちゃんに向かって言った。

「お母さんもいいね」

お母さんは小さくうなづいた。真剣な表情で父さんが語りはじめた。

「その出来事は、突然だったんだ。宏和が三歳になったころの事だ。おばあちゃんと一緒に保育園に向かっている途中の交差点で事故は起こったんだよ。青信号に変わったので宏和が道を渡ろうとしたとき、車が突っこんできたんだよ。そばにいたおばあちゃんは宏和を引っ張って助けることはできたけど、自分は跳ね飛ばされたんだ」

「ぼくが飛び出したせいで、おばあちゃんは死んじゃったの？」

「違うよ。信号は青だったんだよ。信号を無視して走ってきた車が悪いんだよ。宏和は何も悪くないよ。宏和が責任を感じちゃうとおばあちゃんは悲しむよ」

お父さんが言った。

「おばちゃんはね、宏和の無事だけを思っていたんだ。だから、ケガがなかったと聞いて『よかった』と小さく口を動かしたあと穏やかな表情で息を引き取ったんだよ」

そばで聞いていたお母さんがぼくを慰めるように話してくれた。

デイサービスを休んだことも、ベットから落ちたことも、仏壇の前で手を合わせたことも、芋をのどに詰まらせたことも、ぼくのために、おじいちゃんとおばあちゃんが仕組んだことなのだろうか。やっぱり今日は「特別な日」なんだ。

「あ、おじいちゃんが目を開けた！」

「おやじ、おふくろと会えたかい？」

「……何、言っているんだよ。バカたれ。まだ、まだこちらにくるなってさ。おばあちゃんに追い返されたよ。まだしばらくは宏和の成長を見守ってくれと言っていたよ」

おじいちゃんは、ぼくの手を握りしめて「ありがとう、宏和」と笑った。

明日ぼくは学校へ行く。みんなは変えられないけど、ぼくは変われる。
そうだよね、おばあちゃん。

お父さんからの手紙

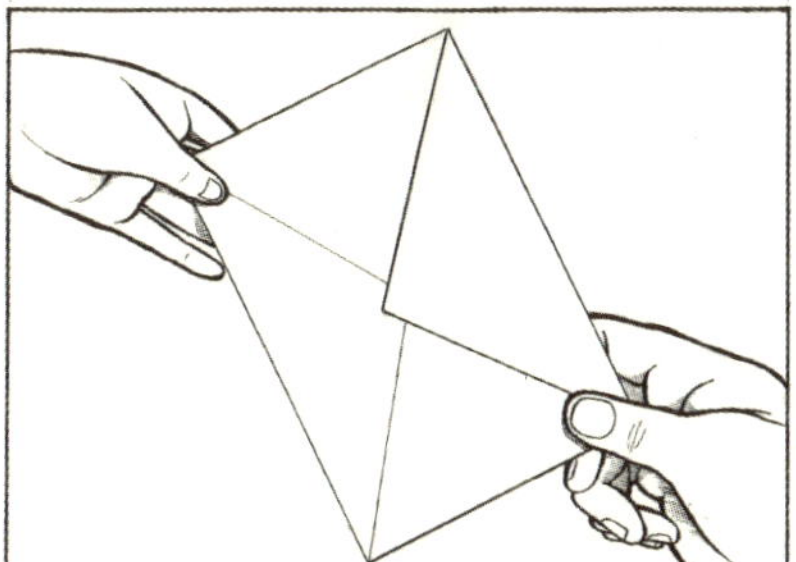

「翔子《しょうこ》、翔子、仏壇の父さんに『行ってきます』ぐらい言いなさいよ」

そんな母の声を遮《さえぎ》るように私は玄関のドアをバタンと閉めて家を飛び出した。一日の始まりを告げる朝のメロディと子どもたちのはしゃぐ声が学校から聞こえてきた。その喧噪の中に身を置くことを考えると歩幅がだんだん小さくなってくる。正門前で優子《ゆうこ》の姿を見つけると心臓の鼓動が早くなった。彼女はクラスメイトでもあり同じバスケット部員なのだ。昨日までの私なら精一杯の笑顔をつくりながら「お友だちだよね」モードで駆け寄ったに違いない。さすがに今朝は、愛想笑いをつくるほどの力がわいてこない。

私はふっとため息をついた。思い切って彼女に走り寄った。昨日の出来事を確認する意味も込めて優子の肩をポンとたたき「優子、おはよう」と声をかける。

優子は、一瞬振り向いたが何も言わず校舎へ走り去った。彼女の後ろ姿に向かって「あなたは何様なの。馬鹿にしないでよ」と大きな声を浴びせようと試みたが、自分を納得させる意味も込めて「まっ、いいか」と小さく声を発するにとどめた。

校舎の玄関で靴を履き替えながら昨日のこと思い出した。「うざい」「ブリッコ」「ひいきされている」「母子家庭」等々、優子を取り囲む集団から漏れ聞こえてきた断片的な言葉は、やはり私に向けられていたことが、先ほどの優子の態度で明らかになった。明らかになったぶんだけ、ぼんやりとした肩の重みがはっきりとした荷物に変わっていく。

思い当たるのは、先日行われた学校対抗陸上競技大会に出場する高跳びの選考会で優子ではなく私が選ばれたことだ。五年生のときは優子が正選手で私は補欠だった。今年は最終選考会で私が正選手で優子が補欠に決まったのである。私は嬉しかった。優子に向かって「優子の分も頑張るからね」と言うと「別に。頑張ればー。関係ないし」と彼女は投げやりな言葉を返してきたのである。

教室がある三階にたどりついた。南向きの廊下の窓からは、運動場を取り囲むガジュマル越しに港とその周辺に広がる街並みが見渡せる。私は、階段から一番手前の六年一組の教室に入った。急に静かになり、視線を感じた。そんな空気を振り払うように、

「良子《りょうこ》おはよう」

と、隣の席の良子に声をかけた。しかし、彼女は返事をしない代わりに困ったような表情で教室の後ろを見た。彼女の視線の先には、優子を中心にバスケット部の仲間たちがいた。そこにはいつもだと私に明るく話しかけてくる歩《あゆみ》と寛子《ひろこ》も混ざっていた。

「翔子、ごめん」

良子は小さな声で言うと廊下へ出ていった。席に着こうしたとき、机いっぱいの落書きが目に入った。『いばるなキャプテン、いばるな委員長、翔子はひいきされている』そんな言葉が黒いマジックで殴り書きされている。かばんを置いて静かに腰掛けた。背後に視線を感じたが、振り返る気にはならなかった。

こうして、いじめの始まりは突然やってきた。もちろんそのときはいじめだとは認識してなかった。いや、認めたくなかっただけかも知れない。

短かいと思っていた休み時間が、独りぼっちで過ごすには長すぎた。私のまわりには多くの友だちがいると思っていた。みんなから好かれていると思っていた。明るくて、優しくて、運動ができて、勉強ができて、家の手伝いもできると褒められてきた私。私を友だちじゃないと宣言した優子に対する怒りより、自分のふがいなさに腹が立ってきた。私らしさなんてどこにもない。人によく思われたいだけなんだと思う。できる人の隣には誰も並びたくないという事に今ごろ気づくなんて、鈍感もいいところだ。

その後、机に落書きされる事はなかった。靴が隠されるとか、悪口を言ってくるとか、足を引っかけられるとか、トイレに閉じこめられるとか、具体的なことは何一つ起こらなかった。「いじめている」「いじめられている」というはっきりとした輪郭《りんかく》は存在しなかった。教室のざわめきも、黒板も、机も、窓から見える風景も何も変わっていない。しいてあげれば学級の空気が変わっているとしか言いようがない。私がそこにいるけど、いないかのように振る舞う。私は教室にいるけど、いないのである。

そんなある日の算数の時間だっ

た。私のまわりの空気がだんだん薄くなりパクパクと息をしないと苦しくなってきた。気づかれないように両手で口を押さえ何回も何回も空気を吸い込んだ。いくら吸いこんでも息苦しくて窒息しそうになる。息が荒くなり、先生の声が遠のいていった。

「目が覚めたみたいね。気分はどう。だいじょうぶかな。翔子さん」

私のおでこに手を当てながら保健室の美智子先生が言った。ここが学校の保健室であることに気がつくのに時間はかからなかった。私は水色のカーテンに仕切られたベットに寝かされていた。

「熱もないみたいだし、軽い貧血ね。朝ごはんはちゃんと食べて来たの?」

「うん、ちょっとだけ」

「そう」

美智子先生は、私の手を取って脈をとりはじめた。先生の甘い香りと、太陽の光をしっかり浴びた毛布のにおいが私を包んでいた。学校の中に、こんなおだやかな時間と空間があったなんて新しい発見をしたみたいで、先生の横顔を見ながら不思議な気持ちになった。

「脈が少し速いかな。でもだいじょうぶ。たいしたことないみたい」と、先生は笑《え》みを見せながら、握っていた私の左手を毛布の中に入れた。

「翔子さんが保健室に来るなんて珍しいね。ちょっと、聞いていい。何か悩んでいること ない。ひょっとして仲間はずれにされているんじゃないの。翔子さんがいじめられるはず もないと思うけど。どうかな」

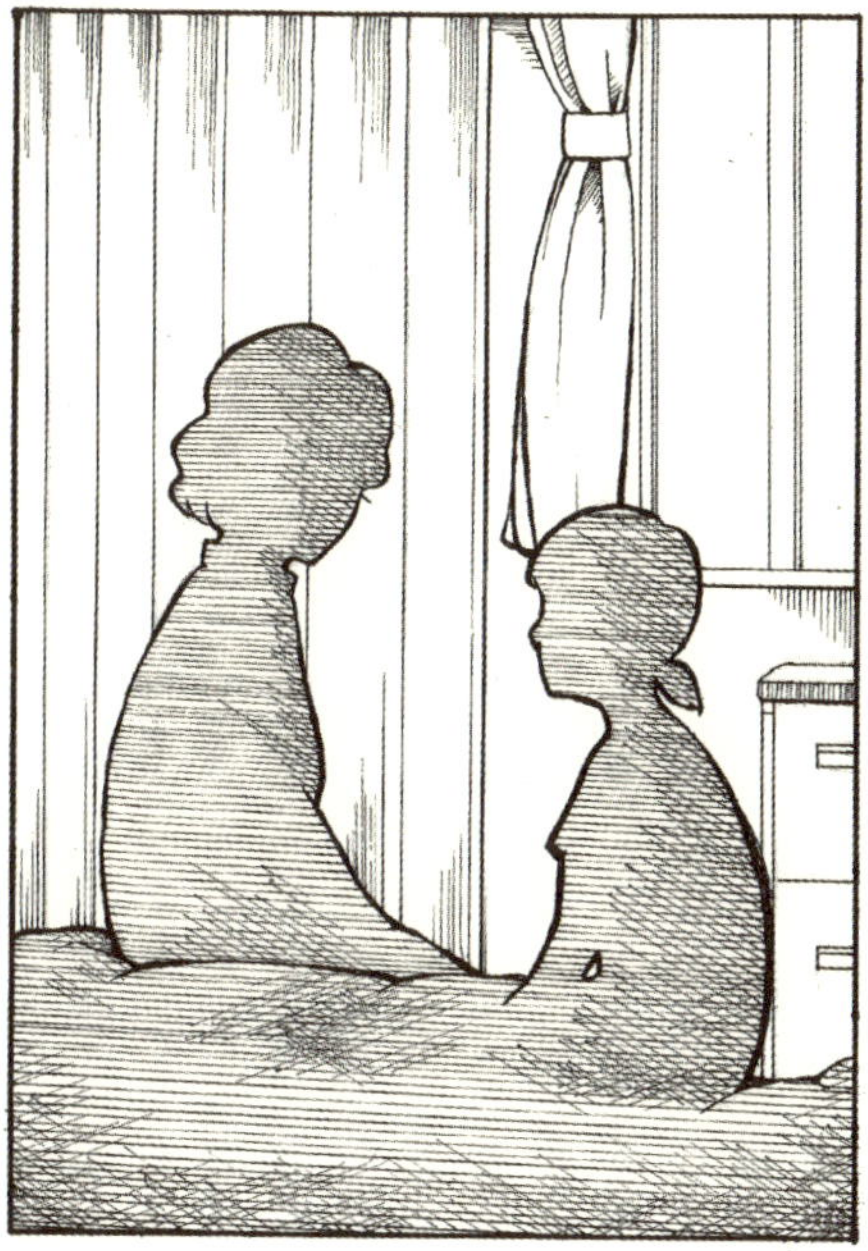

その質問は唐突で、答えに窮《きゅう》した。しかし、美智子先生の目は必ずしも回答を求めてはいなかった。ただ美智子先生の言葉で、仲間はずれにされることは、いじめられていることなんだと改めて思い知らされた。

「そうよね。悩みのない人なんていないよね。誰だって悩みながら生きているんだよね。特に小学校六年生の女の子はお友だち関係の悩みをみんな抱えているのよね。みんな自信がなくて、人の目を気にしながらお友だちの輪の中に入ろうと必死なんじゃないかな」

先生は独り言のようにつぶやいた。そして続けて言った。

「担任の先生と一緒にあなたを運んできてくれた優子さん、元気そうでよかった」

優子が私を保健室へ運んできた事をそのとき知った。

「おりこうさんは、つらいね。優子さんも両親の期待を一身に受けて大変なんだよね。小学校四年生のころは保健室の常連さんだったもんね。半年ぐらいは保健室登校をした時期もあったんだから。いつも一番をめざして頑張り続けてるんだから疲れて当たり前よね。わかる。わかる」

先生の「わかる。わかる」が、あなたにもわかるでしょうと同意を求めたように聞こえた。それと同時に優子と私が同じ種類の人間に分類されたような気がした。

でも優子と私は明らかに違う。優子のお父さんはお医者さんで、お母さんはＰＴＡ役員をしている。それに比べ私は母さんとの二人暮らし。月とすっぽん。持てる者と持たざる者。白鳥とあひる。あまりに違いすぎて、羨ましいとか、妬むとかの次元を越えて、別の世界の人間だと思っていた。

「優子さんが教室に行けるようになったのは翔子さんのおかげかも。翔子さんがキャプテンで優子さんが副キャプテンなんだってね。バスケット部に入ってから明るくなったみたい。この部屋で翔子さんのこと褒めていたし、うらやましがっていたよ。やはり二人は、似たもの同士かもね。でも、似たものは反発しあうこともあるかも。あとしばらくおやすみなさいね」

美智子先生は、含みを込めた言葉を残してカーテンを閉めた。

保健室のベットに横になりながら天井を見つめた。優子もこの天井を見ながら何を思っていたのだろう。私を羨ましがっていると言っていた。そう言えば優子が練習のとき言っていたことを思い出した。

翔子はいいなあ。

何が？

何もかも。

意味わからん。

わからんはずね。

そんな会話だったっけ。やはり意味わからん事はわからない。

いつの間にか眠りにおちていた。次に私を目覚めさせたのは、音楽室から聞こえてくるリコーダーの音と給食配膳室から漂ってくるカレーの香りだった。

「どう、教室に戻れそう。もうすぐ給食時間よ。きっと食べたら元気になるよ。適当に頑張ってらっしゃい。逃げたくなったらいつで保健室においで」

保健の美智子先生の言葉に送られて、教室へ向かった。戻った教室は相変わらず冷ややかだったが、優子が私の様子を気にしているような仕草をみせたのでちょっとだけ肩の荷物が軽くなった気がした。


「お父さん、ただいま」

と、仏壇の写真に向かって言った。学校から帰ると、お母さんがやっているのをまねてお父さんへ報告するのが日課になっていた。ここしばらくは、元気のない私の姿に写真の父も不安げに見つめ返しているようだ。

「お父さん、どうしたらいいの。学校で仲間はずれにされている感じ。一人ぼっちでつまらないよ。一生懸命に頑張る私が『うざい』って。一緒に勉強したり、休み時間に遊ぶ仲間もいないし、悪口が言える友だちもいないっていうか。まあ、そんなところ。でも、だいじょうぶ、だいじょうぶ。翔子、頑張るから」

何がだいじょうぶで、何を頑張るのかわからないけど、とりあえず口に出すと少しだけ気が楽になったような気がした。

晩になって「翔子、ただいま」とお母さんの明るい声が聞こえた。母は、港近くにある公設市場の中で魚屋を営んでいる。父が亡くなってからずっと、母ひとりで朝早くセリ市場から魚を仕入れてお店で小売りしている。

後ろから近づいた母さんはテレビを見ていた私の目を両手で覆った。いつもは気にならない魚臭さが今日はとても強く感じた。

「私は誰でしょう。一番、美人のお母さん。二番、優しいお母さん。三番、頭の良いお母さん。さて、何番でしょう。あら、返事がなーい。元気がないわね。好きな人ができたんだな。さては、男子バスケットのキャプテンでしょう。この前の試合かっこよかったね」

「ふざけないでよ」

母さんの手を振り払って、部屋へ逃げ込んだ。五年生のころまでは授業参観に来てくれる母さんの姿を見つけ、張り切って手を挙げていた。最近は仕事着のまま駆けつける母の姿を恥ずかしく感じた。市場の中でも一番大きな声でお客さんに魚を売っている。そして、一番大きな声で笑う。そんな母の姿を友だちに見られたくなかった。母さんをそんな風に思ってしまう自分が情けなくて消えてしまいたい気分に襲われた。

心が晴れない日々が続き、練習にも身が入らず記録も伸び悩んでいた。

陸上競技大会の前日、私は学校へ足が向かず、重たい気持ちで浜でぶらぶらと過ごしてしまった。気がつけば夕方ちかくまで、海を眺めていた。

「翔子、海に飛び込むなよー」

背中越しに、相変わらず元気なお母さんの声が聞こえた。しらんふりして寄せては返す波をじっと見ていた。

「翔子。やっぱりここにきたんだね。海はいいよねー。広いし。空気もいい」

お母さんは、自転車のスタンドを立てると堤防の上に飛び上がり海を眺めた。真っ赤な太陽がケラマの島々に隠れようとしていた。二人の顔が夕日に染まり、長い影が後ろに伸びていた。お母さんは両手を口に当て、

「お父さん聞いているか。おまえの娘は学校をサボったんだぞ。不良になっても知らないぞー。お父さんのばか野郎ー」と叫ぶとすっきりした顔で、私のそばに腰掛けた。

「はい、これユニフォーム。優子が届けてくれたんだよ。彼女、心配していたよ」

私はお母さんの言葉を無視した。

「ねー、翔子。くやしいけど、お母さんはあなたが何で悩み苦しんでいるのわからない。いつも一緒に生活しているのに不思議だね。ごめんね。でもその苦しみや悲しみを乗り越えたとき、ひとまわり大きな人間になっていると思うよ。なんてね。ちょっとくさかったかな。でもやっぱり話を聞かせてほしいなぁ。言いたくなかったら言わなくてもいいけどね。とにかく、翔子を信じているから」

私は、何もしゃべる気にはならなかった。お母さんの明るさが、無神経さが、がさつさが嫌だった。そんなこと言えるはずもないじゃん。

「はい、これお父さんからの手紙」

お母さんは、色あせた水色の封筒を差し出した。

「お父さんからの手紙？」

突然の展開に戸惑い、びっくりしすぎた私は、素直に封を開き、手紙を取り出した。淡いブルーの便せんにはしっかりした文字が綴られていた。

翔子へ

この手紙はお母さんに預けようと思います。

翔子は今何歳になっていますか。そのときにはお父さんはこの世にいないと思います。

今日翔子は、入学式を終え真新しいランドセルを背負ってお父さんのお見舞いにきています。入学式にさえ行くことができずとても残念でしかたがありません。海に行く約束も、小学校最初の夏休みにディズニーランドに連れて行く約束も、何一つ果たせません。

これから先、翔子はいろいろな出来事に出会うでしょう。友だちと喧嘩して胸を痛めるかもしれません。好きな人ができて眠れない夜を過ごすかもしれません。そんなとき父さんは力になってあげることができないのです。それを思うと悔しくて涙が出て止まりません。気をとりなおしてペンを進めようと思います。

今、翔子は自分は不幸だと思っていませんか。それこそがまさしく不幸なのだと思います。幸せは向こうからやってくるものでも、人から与えられるものでもないです。自分自身で努力し、つくり出して育てていくものです。

翔子は人に好かれよう、愛されようと疲れていませんか。人に好かれ、愛される前にやるべき事があると思います。それは、あなた自身が人を好きになり人を愛することです。自分を信じて翔子の納得する人生を切り開いてください。

この手紙を読んでいる翔子が幸せなことを祈ります。いつも翔子を見守っています。

愛する翔子へ　父さんより

私は、手紙を胸に抱いた。熱いものがこみ上げ鼻をすすった。母さんが優しく私の肩を抱いて「さあ、お家へ帰ろう」と笑顔で言った。

「さあ翔子、後ろに乗って。しっかりつかまるんだよ」

素直に自転車に乗り、お母さんの腰に手をまわした。

「ねぇ翔子。お母さんね、お父さん葬式のときに誓ったの。そのときの涙を最後にするってね。でもそれはうそ。翔子が寝たあとお父さんの写真に向かって文句や愚痴を言いながら泣いたりする事もあるんだよ。母さん本当は泣き虫なんだもん。お父さんは何も言わず笑っているだけ。でも、言いたい事を言うと、なんだかすっきりするから不思議なもんだね。あまりにも悔しい事や悲しい事があると、今日のように海に来て叫ぶ事もあるんだよ。あなたも、言いたい事があったら言ってよ。母さん、絶対に力になるから」

お母さんのぬくもりが私の体中に伝わってきた。

「お母さん、ごめんね。心配かけて」

私はお母さんに体を押しつけながら小さな声で言った。


いよいよ、陸上競技大会の日が来た。空は雲一つない快晴。六年女子走り高跳びがまもなく始まろうとしている。私より背の高い子の方が多い。みんな自信がありそうだ。どきどきしてきた。心臓の鼓動が聞こえてきそうだ。競技が始まった。最初のバーの高さは1メートル10センチ。

「ゼッケン三番、新垣翔子さん、南小学校」

私の名前がコールされた。後ろポケットに手を突っ込み、お守りを握りしめた。ポケットの中のくまのぬいぐるみは、今朝、開会式の前に照れくさそうに優子が手渡してくれたものだ。「翔子、頑張ってよ。優勝しないと許さないからね。はい、これお守り。これでも夕べおそくまでかかったんだから」

優子の声を思い出しながら私はスタートを切った。難なくクリア。その後の高さも順調に跳び越えていった。

気がつくとバーの高さが1メートル35センチになっていた。その高さに挑戦するのは私一人。場内にアナウンスが流れた。「ただいまから南小学校の新垣翔子選手が大会新記録に挑みます。ご声援お願いいたします」

これまでの記録よりたった5センチしか変わらないのにとても高くなって見える。

一回目、二回目とも明らかに体がバーに触れて落ちた。チャンスはあと一回だ。

私は自分の気持ちを落ち着けるように、ゆっくりと歩数を数えながらスタート位置を確認した。大きく息を吸った。ゆっくりゆっくり吐き出した。なかなかスタートが切れない。空を見上げた。ふと、お父さん声が聞こえてきた。

『翔子、跳べるよ。いつでもお父さんは見守っているよ。自分を信じて跳んでごらん』

なんだか跳べそうな気がしてきた。私は助走を始めた。十一歩目の左足が確かにしっかりと地面を蹴った。体がふわっと青空に舞った。いつかのように青空高く舞った私の体をしっかりと受け止めてくれるお父さんの腕が待っている気がした。お父さんの腕のかわりに柔らかいマットが私の体を包み込んだ。バーが落ちてこない。跳べたんだ。

私はマットに寝ころび、透き通るような青空を見上げながら、お母さんが話していた事を思い出した。

「翔子は、お父さんの〈高い、たかーい〉が好きでね、何度でもせがんでいたよ」

記憶がよみがえってきた。父さんは私を何回も高く、高く舞いあげた。どんなに高く放り投げられても何一つ怖くなかった。確実に受け止めてくれるという安心感と愛されているという実感が確かにあった。

マットから起きあがると大きな拍手が聞こえた。テントの応援席を見ると大はしゃぎしているお母さんの姿が見えた。

そのそばに手を振って合図する優子がいた。ポケットからお守りを取り出し、右手に掲げ「やったぞー」と大空に跳び上がった。

だいじょうぶだよ

始業式の朝はわくわくする。

新しい教室。新しい友だち。新しい教科書。そして新しい学級担任だ。

体育館で始業式が始まった。校長先生の話なんてうわの空。早く知りたいのは、ぼくら四年一組の担任だ。ぼくはその運命の時を待つ。「運命」なんて大げさに聞こえるかもしれないが、ぼくにとっては大問題だ。若くて、美人で、優しい先生がいいなんて贅沢は言わない。怒りんぼでなければいい。宿題が少なければなおいい。もっといいのはぼくらを自由にさせてくれる先生だ。

「二年一組、屋我昌代《やがまさよ》先生」

二年生の担任が発表された。

「うっそー」「えーいやだー」

　二年生がざわめいた。ぼくらの二年のときの担任だ。とにかく細かくてうるさかった。鞄《かばん》の置き方。手の挙げ方。お箸の持ち方。字の書き順。「いいかげんは許さないわよ」が先生の口癖。「いい先生だったね」は母さんの意見。「勘弁してくれよ」がぼくの本音。

　よし、よし、まずは第一関門突破だ。

「三年一組、比嘉《ひが》昇《のぼる》先生」

「やったー」「いやだー」が半分半分。「やったー」は男の子で「いやだー」は女の子だろう。ぼくも男の先生だったらいいなあと思っていた。

　いよいよ四年生の発表だ。

「四年生は、産休で休んでいる上原先生の替わりの先生です」

　ぼくらの列がざわめく。

「その先生の名前は、あれっ」

　一瞬校長先生の言葉が止まる。どうも始業式が行われている体育館にいないようだ。

「木野《きの》聖子《せいこ》先生は、どうしましたか」

　校長先生のあわてた声がマイクに入る。

　すると、体育館の入り口の方から元気な声が聞こえた。

「私が木野聖子です！」

真っ赤な服に茶髪をなびかせて若い女の人が走ってくる。それも、女の子の手を引っ張りながら。二人は、壇上へ駆け上がる。あろうことか、校長先生のマイクを取り上げて茶髪の人がしゃべりはじめた。

「はーい、みなさん。はじめまして。今度四年一組の担任になります。木野聖子です。よ・ろ・し・く・ね」

ぼくらの列は、目をまん丸くし口をぽかーんと開けて並んでいたに違いない。誰も声を発することができなかった。さらに、困った顔で立ち尽くす校長先生を無視して、聖子先生は女の子の紹介をはじめた。

「この子は、新しいお友だちです。校門の所で会いました。今日から四年一組の仲間になります。四年一組のみなさんはどこですか。手をあげてください」

ぼくらは顔を見合わせ、ゆっくりと手を挙げた。

すると、スピーカーから気合いの入った元気な声が響いてきた。

「ひじ、ピン、挙手。手を挙げるときは真っ直ぐに自信を持って堂々と挙げるのよ」

聖子先生はニコニコしながら、自ら真っ直ぐに手を挙げてぼくらを促《うなが》した。その余裕の

私が
木野聖子です!

笑顔で、ぼくらの戦いは決まったような気がした。

いや、勝負はこれからだ。ぼくは斜め後ろの健《けん》を見た。目で合図したあと、ぼくと健が手を下ろすと、それを見ていた康《やすし》もぼくらの作戦に加わり手を下ろした。ぼくらの友情は変わってない。ぼくは下げた手でピースサインをつくると、健も康もピースサインを返してきた。

そうだ、新しい先生の言うことなんか聞くもんか。いちいち細かいことまで決められたらかなわない。ぼくらの自由がほしい。席も自由だ。給食当番も、清掃当番も好きな者同士でグループを作るべきだ。体育は、ボール遊びがいい。そんなことを考えていると、わくわくしてくる。

そんな気持ちもしらずに、壇上から女の子の手を引いて降りてきた聖子先生は、四年一組の前に立って「よろしく」とにこっと笑った。

若くて？　やさしくて？　美人？　ぼくが理想とする担任の条件に近い気もするが、なんだかもっとも遠いような気もした。真っ赤な服、茶髪、吸い込まれそうな大きすぎる目、赤すぎる口紅。絶やさない笑顔もあやしい。何を考えているのかわからない。

それよりぼくは女の子の方が気になってきた。ぼくらの学年に転入生なんて初めてだ。

おどおどしているのがわかる。透き通るような色の白さ、長いまつげ、口元はぎゅっと閉めている。ぼくらが出会ったことのないタイプの女の子が教室に舞い降りてきた感じだ。女の子はぼくの隣の席に座った。健と康の視線を感じる。女の子を気にしているなんて思われたくない。意味もなく新しい教科書をめくった。国語の教科書を読んでいるをふりをしながら、女の子の様子をうかがっていると先生の声が聞こえた。

「はーいみなさん。出席をとりますから、大きな声で返事して下さいね。よろしくね」

聖子先生はクラスのみんなの顔を見回した。

「では、まず、一番先に手を下ろした大峰健《おおみねけん》君。あらっ、返事は？　ひじ、ピン、挙手でね」

大きな目で見つめられた健は真っ直ぐに手を伸ばして「はいっ」と返事をした。聖子先生は始業式でのぼくらのささやかな反抗に気づいていたのである。もちろん、気づかないとぼくらの作戦は実行したことにならないのではあるが。

「次は大城康《おおしろやすし》君だったわね」

康も真っ直ぐに手を伸ばして大きな声で返事をした。

「あと一人いたわね」

聖子先生がぼくを見つめた。赤い口元が動いた。「新垣望君《あらかきのぞむ》」ぼくの名前が呼ばれた。えっなぜ、知っているのだろう。いつの間にぼくの手が勝手に動き、ぼくの口が勝手に開いて「はいっ」と返事をしていた。すると、聖子先生はくすっと笑い、出席を取り続けてみんなの名前を呼んだ。不思議なことに出会ったばかりのクラスの子の名前を、名簿を見ることなく呼びつづけたのである。

「最後は、金城優子《きんじょうゆうこ》ちゃん」

聖子先生はぼくの隣の優子ちゃんの名前を呼んだ。相変わらずうつむいたまま口元を閉めている。聖子先生は、彼女の返事を静かに待っている。クラスのみんなもかたずをのんで見守る。しばしの沈黙の後、聖子先生は教壇から降りて優子ちゃんに近づいた。

「いいわよ。無理しなくて」と優子ちゃんの耳元でささやく声が聞こえた。そのとき、優子ちゃんの首がかすかに動くのをぼくは見逃さなかった。聖子先生は優子ちゃんの事について何かを知っているように思えた。

「優子ちゃんよ。仲良くしてあげてね」

言い終わると黒板に自分の名前を書いた。

「私の名前は、木野聖子よ。木に住んでいる妖精と言う意味よ。ちょっとだけ魔法も使えるし、キジムナーとも友だちよ。なんてね」

そう言い終わると先生はケラケラと大きく笑った。そのとき、さわやかな初夏の風が窓辺のガジュマルの葉っぱをゆらして四年一組の教室に流れこんできた。

休み時間になると聖子先生は、女の子たちに囲まれた。その後ろに男の子たちも遠巻きに立っている。

教室の後ろの方にぼくら三人は集まった。

「おもしろくないよな」

健がつまらなそうに言った。

「変な先生だ」

康がぽつりとつぶやく。

「何して遊ぶ」

ぼくが尋ねても二人から返事が返ってこない。

休み時間は、ぼくら三人の天下だった。「サッカーしようぜ」と教室から飛び出すとクラスのほとんどの子がついてきた。今はその雰囲気でないことはひしひしわかる。ぼくらは仲間はずれになった気分だ。その憂《う》さばらしに選んだのが優子ちゃんだった。

「優子ちゃんだけ、返事しなくてもいいんだ」

健がぽつりと一人座っている優子ちゃんの背中に向かって言った。

「聖子先生は、お前のことひいきしているぞ」と康も続けた。優子ちゃんは、じっとしている。聞こえてないかのようだ。

「お前もなんか言えよ」

健がぼくにけしかける。

「ひょっとしてお前、優子ちゃんのことが好きになったのか。へーそうなんだ」

と、康がからかってきた。

ぼくは仕方なく彼女に近づき、

「返事しろよ。無視するなよ」

と言って背中を少しだけ押した。もちろん彼女を泣かすつもりはなかったが、一筋の涙が流れ落ちるのをぼくは見てしまった。どうしたんだよ。泣くことないだろう。ちょっとこづいただけだろう。優子ちゃんの涙の意味はよくわからないけど、嫌われたことは確実だと感じた。

授業のベルが鳴り、みんな席に着いた。ぼくは隣の彼女の様子をうかがう。鼻をすすっているようにも見える。悪いことをしてしまったと心が重くなる。

そんなぼくの気持ちを知らない健は、帰りの会で次の作戦を決行した。

「先生、今日の宿題は〝カケル〟だけでいいですか」

健がまじめな顔で聞いた。

「そうね、〝書ける〟分《ぶん》だけでいいですよ」

聖子先生があっさりと認めた。

「やったー」

健と一緒に声を上げたのはぼくと康だった
その翌日、ぼくらは聖子先生の前にいた。

「確かに見事な〝カケル〟だったわね。感心しました。みなさんの友情はよくわかったわ」

三人のノートには「×《カケル》」がびっしりと並んでいた。ぼくは三ページを埋めた。健はノート半分を書いてきたと威張っていた。先生は三冊のノートを手に持ちながら笑みを浮かべている。不気味な笑顔だ。

「これからも〝カケル〟だけにしたいですか」

さらに、満面な笑顔で話しかけてきた。

ぼくと健と康は、お互い目を合わせると小さくうなずいた。

「そうですか、よっぽど〝駆《か》ける〟事が好きなんですね。わかりました。えいっ」

足下に聖子先生の人差し指が向けられた。

「えっ!!!」

ぼくら三人は同時に声をあげる。ぼくの足が勝手に動きはじめた。健も康もその場で足踏みをはじめている。

「いっちに、いっちに、ハイ大きく足あげて、手も大きく振りましょう」

聖子先生は楽しそうに手拍子を取りながら声をあげる。

「かけっこ、ようーいドン」

ぼくの足が言うことを聞かない。

「行ってらっしゃい」

先生の声に送られてぼくらの足は運動場へ向かった。

「どうなっているんだ。この足は」

「知るもんか。勝手に動くんだよ」

「死にそうだよ」

ぼくたちはガジュマルの木で囲まれた運動場を駈けはじめた。

「はーい、みなさん、頑張ってね」

二階にある四年一組の教室の窓から聖子先生の声援が聞こえた。教室の方を見上げるとクラスのみんなが楽しそうに手を振っていた。

その中に優子ちゃんの姿を見つけると少しだけ元気が出てきた。しかし、あのときの涙はぼくの心に染みこんだままだった。

「聖子先生、助けて下さい。ちゃんと宿題をやってきます。この足を止めて下さい」

健が息を切らしながら言った。

「ごめんなさい。〝駆ける〟ことは好きではありません」

康も降参をした。

「ごめんなさい。もう二度としません。許して下さい」

ぼくは、聖子先生と優子ちゃんに届くように大きな声で言った。

「よろしい。許して上げましょう。えいっ」

聖子先生の指先がぼくらに向けられた。いうことをきかなくなっていたぼくの足が止まってくれた。窓辺からみんなの笑い声が聞こえてくる。その笑い声に混じって、運動場を取り囲んでいるガジュマルの葉っぱも風にゆれて、くすくすと笑っているようにみえた。

その日からぼくらは宿題をきちんとやるようになったのは言うまでもない。

「ゴーヤーはおいしいんだよ。だいじょうぶだから頑張って食べてね、えいっ」

聖子先生が食缶に向かって気合いをかけるとゴーヤーチャンプルーがおいしくなり、残す者は誰もいなかった。

「だいじょうぶだよ。できるよ。えいっ」

聖子先生が励ますと、苦手の逆上がりもすぐに出来た。跳び箱も八段まで跳べるようになった。

「だいじょうぶだよ。できるよ。えいっ」

その呪文を聞くと本当にだいじょうぶのような気がした。苦手な漢字の書き取りも、大きな数の計算もできるようになっていった。ぼくらの学級は聖子先生の明るさに照らされていた。ただ、相変わらず優子ちゃんは黙ったままだった。

デイゴの花が咲きはじめるころ、優子ちゃんが学校を休んだ。ぼくとって彼女は特別な存在になっていた。母さんから「場面緘黙《ばめんかんもく》」と言う言葉を聞いた。前の学校でも、優子ちゃんの声を聞いた者はいないとの噂も流れた。

次の日も、ぼくの隣の席は空いていた。空っぽの席を見つめながら不安になった。このまま学校に来なくなったらどうしよう。ぼくのせいで休んでいるような気もしてきた。

その次の日も、優子ちゃんは学校に姿を見せなかった。

「聖子先生、優子ちゃん、どうして休んでいるのですか」

ぼくは、思い切って聞いた。

「気になるんですね」

ぼくは素直に「うん」とうなづいた。

「だいじょうぶよ。優子ちゃんの友だちになってあげてね。優子ちゃんを救えるのは、みなさんだけよ。きっと」

あの大きな目でぼくを見つめながら言った。先生は言い終えると視線を窓に移し、小さなため息をついた。なんだか先生に大きな仕事を任されたように思えた。みなさんとは、ぼくと健と康のことだろうか。その日の放課後、ぼくらは優子ちゃんの家を訪ねることにした。

ドキドキしながらチャイムを押すと綺麗なお母さんが出てきた。ぼくは怒られるかもしれないと身構える。

「あなた方が〈健康《けんこう》を望《のぞむ》君〉ね。名前通りのみなさんだわ。大歓迎よ。どうぞ中に入って」

明るい笑顔でぼくらを家の中へ案内してくれた。

「優子のお友だちが来てくれてうれしいわ、優子も喜んでいるはずよ」

優子ちゃんのお母さんはぼくらにジュースとお菓子を勧めながら話しはじめた。

「あの子はね、家ではいろんな事を話してくれるのよ。特に、みなさん三人の話が多いわよ。だから勝手に〈健康を望君〉って、まとめて呼んでいるのよ。元気なみなさんと友だちになりたいらしいわ。望君が背中を叩いたときは構ってくれて嬉しかったらしいよ」

ぼくの心のもやもやが一気に吹き飛ぶ。優子ちゃんは隣の部屋でぼくらの話を聞いているように思えた。お母さんはさらに優子ちゃんの事を話しつづけた。

「家では、よくしゃべるのに学校では口を開かなくってしまったのよ。幼稚園のころからね」

お母さんの表情が曇った。苦しかったことを思い出すかのように深刻そうな顔で話した。

「その日はね、優子ちゃんが帰ってこないので探していたら、幼稚園の庭にそびえる大きなガジュマルの下で倒れていたの。それ以来、家の中でしか話をすることができなくなってしまったのよ。よほどショックなことがあったんでしょうね」

そのとき、ドアを開ける音がした。振り向くと優子ちゃんがぼくらを見ていた。くすっと笑ったかのように見えたんだけど、すぐにドアは閉じられた。翌日、優子ちゃんは登校してきた。

席に着くと隣の優子ちゃんがぼくの机の上にメモをすべらせてきた。『きのうはありがとう』と書かれている。

ぼくは天にも昇るくらいうれしくなる。

『元気になって良かった』とメモを返した。続けて『幼稚園で何があったの』と優子ちゃんに渡した。しばらくして返事が返ってきた。

『木の上から遊ぼうと声が聞こえたのよ。見上げると光る目の小さい子どもたち三人が飛び降りてきたのよ』

『それは、赤い髪が肩まで伸びていたかい』

『そうよ、口も目も大きかったので怖くなり逃げようとしたけどまわりを取り囲まれて気を失ってしまったのよ』

『その子どもたちに会いに行こう』

ぼくは提案した。しばらく考えこんでいた優子ちゃんはメモの代わりに小さく頷いた。前を向くと聖子先生と目が合った。応援するかのように小さくＯＫサインを出してくれた。

夕方になり、ぼくら三人と優子ちゃんは幼稚園に向かった。

園庭には、立派なガジュマルが枝を広げていた。あたりは暗くなりかけている。

ぼくたち四人はその根元に立って上を見上げる。

「何かが出そうだね」健が言った。

「ちょっと怖いね」康の声が震えている。

「そこにいるのはきっとキジムナーさ。悪さはしないからだいじょうぶだよ」ぼくはお爺ちゃんから聞いた話をした。

「キジムナー出てこーい」

ぼくは木の上に向かって怖さを吹き飛ばすように大きな声で叫んだ。

「キジムナー出てこーい」

健と康も声をあげた。

肌寒くなった夕暮れの風がガジュマルの葉を揺らす。ざわざわと葉っぱのこすれる音が聞こえる。何かが現れてきそうな気配がしてきた。優子ちゃんがぼくの手をつかんできた。

「だいじょうぶだよ。優子ちゃん。しっかりつかんでいて。ぼくらが守ってあげるよ」

優子ちゃんの手を強く握り返す。もう片方の手は健がしっかり握っているのが見えた。

「出てこい。キジムナー」

「えっ。優子ちゃんがしゃべった!!!」

ぼくら三人は同時に声をあげた。

「友だちになろう」

優子ちゃんが優しい声で言った。

「出ておいで、一緒に遊ぼう」

四人は木の上に叫びつづけた。

「あっ。キジムナーだ」

八つの光る目が見えた。四人だ。小さい子どもと大人がいる。よく見ると男の子三人とお姉ちゃんらしきキジムナーだった。

「優子ちゃん脅かしてごめんね。友だちになりたかっただけなんだよ」

男の子のキジムナーたちが声を合わせて言った。

「弟たちを許してあげてね。もうだいじょうぶだよ。あなたのそばには素敵な友だちがいるからね」

お姉ちゃんらしきキジムナーが言った。その声は聞き覚えがあった。

翌日から聖子先生はぼくたちの前から姿を消した。かわりに産休が終わった上原先生が戻ってきた。

あれから二十年余りが過ぎた。

大きなガジュマルの木を見かけると、立ち止まって上を見上げたくなる。

そして目を凝らしながら耳を澄ます。

「だいじょうぶだよ。できるよ」

大人になってもぼくの背中を押してくれるそんな先生の声が聞きたくなるんだよ。

城山《ぐすくやま》の神様

「ホームランが打てますように」

となりでお願いをする優《まさる》の声が聞こえた。

「三振がとれますように」

と言いながら手を合わせている幸隆《ゆきたか》の神妙な顔も見えた。

ぼくはふてくされていた。レギュラーからはずされたからだ。みんなに配られるアイスクリームを一人だけお預けを食らった気分に似ている。監督はいったい何を考えているのだろう。四番打者でエースのぼくをはずすなんてありえない。ぼくの代わりに四番の打順に入ったのが優である。ピッチャーに後輩の幸隆が指名されたのも特に気にくわない。

「キャプテン、チームの勝利をしっかりお祈りするんだぞ」

ぼくの心を見透かしたように監督が声をかけてきた。

ふん、こんなチーム負けてしまえばいいのに。キャプテンだって、なりたくてなったわけでもないのだから。「お前しかいない」とぼくを指名したのは監督じゃないか。唇をかみしめて監督の横顔を横目でにらんだ。

ぼくの両隣で素直にお願いをする二人がうっとうしかった。優にホームランなんか打てるはずないだろう。幸隆の投げるひょろひょろ球で三振なんかとれるもんか。『どうか、今度の試合はめちゃくちゃに負けますように』とぼくは誰にも聞こえないように小さな声でつぶやいた。その声をしっかりと聞いていたのは城山《ぐすくやま》の神様だった。

ぼくらの少年野球チームは、大きな大会前に城山の中腹にあるお宮に勝利のお願いをするのが習わしとなっている。今日は、ぼくがキャプテンとなって初めて行われる地区大会に向けて城山の神様へお願いに行ったのだ。

城山のてっぺんには、大きな足跡が残されている。「タンナーパ」と呼ばれた大男の足跡だと言い伝えられている。その昔この島に敵が攻め込んだとき、山の頂上に足を踏ん張り、大きな石を投げ落として武器を持つ敵を一人で追い払ったそうだ。

ぼくは、城山の頂上にその足跡がはっきり残っているのを見たときから、この山には『勝利の神様』がいるんだと心に決めて、事あるごとにお願い事をしてきた。それは、学級委員長を決める選挙であったり、運動会のかけっこであったり、ドッチボール大会であったりした。勝利の神様は、おおかたぼくに味方してくれた。しかし、今回は負けさせてくれとお願いをしたのである。

「プレイボール！」

いよいよ試合が始まった。キャプテン番号の10番を背負ったぼくは、ベンチで小さくなっていた。手にギプスでもはめておけばベンチで堂々とすわっていられるのに。相手は先日の練習試合で負けた南小キッズだ。

公式戦で初めてマウンドに上がった幸隆がとても緊張しているのがわかる。なかなかストライクが入らない。

「幸隆、しっかりしろ。力をぬいて。力みすぎているぞ」

監督の檄《げき》が飛んだ。

「打たれてもいいから真ん中に投げてこい」とキャッチャーが立ち上がって大きな声を出した。それでもコントロールが定まらず、先頭打者にファーボールを与えた。

やっぱり、思った通りだ。練習試合でもあまり登板したことのない幸隆には荷が重すぎるのだ。マウンド場でおろおろしている彼を見ながら、いい気味だと思った。困るなら、困るがいい。ぼくのせいじゃない。

次の打者も簡単にファーボールを出してしまった。ノーアウト一、二塁のピンチだ。マウンド上でどうして良いかわからないとみえて、泣きそうな表情で幸隆はぼくに視線を向

けてきた。ぼくは、ぷいっと目をそらして監督の様子をうかがった。きっと、監督も後悔しているはずだ。ぼくは、ベンチの前で屈伸運動をした。さらに軽く肩を回した。監督のピッチャー交代の声を待った。なぜか、監督は腕を組んだまま動こうとしなかった。

「ピッチャーびびっている、びびっている。ノーコンピッチャーびびってる」

相手チームから大きなヤジが飛ぶ。

「おい、ベンチ、相手に負けないように声を出せよ。キャプテンから声を出さないとダメじゃないか。選手だけで試合しているんじゃないぞ。チームを盛り上げるの

もキャプテンの大きな仕事だぞ。みんなをリードして声を出すんだ」

監督がぼくに向かって怒鳴った。ちぇ、なんだよ。なんでぼくが怒られないといけないんだよ。監督は勝手だなぁ。

『こんなチーム負けちゃえばいいんだよ』とつぶやいたとき、「カーン」と乾いた音を残して打球がセンター方向へ飛んでいくのが見えた。ぼくは『落としてしまえ』と祈った。すると、センターのグローブに収まったはずのボールがポトリと地面に落ちるのが見えた。塁にいた二人がホームを駆け抜けて相手チームに二点が入った。いい気味だ。願いが通じたのかセンターがへたくそなのかわからないが、思った通りの展開にぼくはほくそ笑んだ。

「どんまい。どんまい」

「そうだ、気にするな。気にするな」

守備についている仲間からセンターの優に声がかかる。『ごめん、ごめん』と言う様子で優が帽子をとって謝っているのが見える。

次の一球目にセカンド前にボールがころがった。簡単に処理できそうなゴロだ。ぼくは、『はねろ』と小さく言った。するとぼくの思いをボールは知っているかのように、セカンドの守備についている孝の前で大きくはねてライトの方向へ転々と転がっていった。『トンネルしろ』と祈ると、ボールは見事にライトの股間を抜けて外野の一番深いところへ消えていった。打ったバッターは大歓声のなか、一気にホームまで駆け込んだ。大はしゃぎする相手チーム。これは面白い。ボールがぼくの思い通りに動いてくれる。城山の神様にぼくの祈りが通じたようだ。

次の打者は、高くフライを打ち上げてしまった。セカンドが「オーライ、オーライ」と言いながら手をあげている。簡単に捕れそうだ。『ぶつかれ』とぼくは祈った。するとライトが勢いよく走ってきてセカンドにぶつかってしまった。ボールは見事に地面におちた。ぼくの思い通りの展開に、いよいよ調子に乗って味方のエラーを祈りつづけた。続けざまに、ショートとサードがエラーをした。

こんなに試合は散々なのに、よく見るとチームのみんなは元気だ。負けているのに、負けている顔をしていない。

「気にするな、気にするな」

ピッチャーの幸隆が、ショートとサードに向かって大きな声で明るく声をかけるのが聞こえた。

「しっかりしまっていこうぜ」

キャッチャーが大きな声を出すと、守備についているナインから「オウ!」と大きな声が返ってきた。みんな落ち込むかと思ったら、にこにこして楽しそうに野球をしている。エラーしたのになぜピッチャーは怒らないいんだ。ぼくは味方がエラーすることを祈るのも忘れて、ひとり取り残された気分で試合を見ていた。クラスの仲間に入れてもらえない転校生の気分とはこんなものだろうか。

試合はぼくたちチームの攻撃になっている。でもぼくだけ野球場の空気から離れた場所にいた。目の前の試合をまるで野球中継のテレビ画面を見ている気分になりながら、南小キッズとの練習試合のことを思い出した。

その日、ぼくは絶好調だった。球も走っていた。ヒットも打った。でも試合には負けた。セカンドもサードもショートも簡単に捕れそうなボールをエラーしたからだ。さらにセンターもライトも凡フライを捕りそこねた。ぼくは、許せなかった。

「へたくそ。お前ら、しっかり守れよ」

ぼくはエラーするたびにチームメイトをにらみつけ、怒りの言葉を浴びせた。

「なんであんな球が捕れないんだよ。やってられないよ。本当に勝ちたいと思っているのかよ。打たせたらエラーするのが目に見えているから三振取るしかないよなぁ」

ベンチに戻るとグローブを投げつけ椅子をけりながら言った。みんな黙っていた。チームメイトはいよいよ堅くなり、さらにエラーを連発し大敗したのだ。

「うぉー」味方の大歓声に我に返った。

優の打った打球がレフトの頭を越えていくのが見えた。

『入れ』とぼくは祈った。ボールは、柵を越えていった。ホームランだ。ベンチを飛び出して「ナイスバッティングだ。すごいぞ」と、優に大きく声をかけた。優は、満面の笑顔をぼくに向けてガッツポーズで応えた。

「ようし、みんな張り切って応援しようぜ」

ぼくはベンチに向かって声をかけた。「おう」と仲間の元気な声が返ってきた。

「押さえはキャプテンしかいないから肩を作っておけよ」と嬉しそうに監督が言った。

『一人でゲームするなよ』と先日の負けた試合の後に、ぼくに言った監督の言葉の意味がやっとわかったような気がした。

　監督の予告どおりに一点リードの最終回、ぼくに出番が回ってきた。

「キャプテン、よろしくお願いします」と、ほっとしたような顔で後輩の幸隆が、ボールを手渡してくれた。

　ぼくが神様だと信じている「タンナーパ」は、気は優しくて力持ちだったそうだ。そのような彼を村人は慕っていたという。まだまだ城山の神様のようにはなれないけれど、ぼくにはチームメイトがついている。

　バックを信じてキャッチャーミットにボールを投げ込んだ。

マンモスの下に

ぼくは一人で薄暗くなった運動場にいました。それは野球の練習で見失ったボールを探していたからです。さっきまでまで一緒に探していたチームメイトも次々と家に帰ってしまうとだんだん心細くなってきました。

秋風が、運動場を取り巻いているガジュマルの葉っぱを揺らします。

ざわ、ざわ、ざわ、ざわ。

葉っぱたちがおしゃべりをしているようです。

〈あのボールを無くしたと言ったらお父さん怒るだろうな〉と思いながら一番大きなガジュマルの根元を探していたとき、

「ほーら、みたことか。自慢するために持ってくるからだよ」

誰かの声が聞こえたような気がしました。まわりを見渡しても誰もいません。相変わらずガジュマルの葉っぱのざわめきだけが聞こえてきます。

「良太《りょうた》、キャンプに来ている巨人選手のサインボールもらってきたぞ」と言いながら、ぼくにボールを見せてくれたお父さんの満面の笑みが浮かんできます。

あたりはますます薄暗くなり、やっと足下が見えるくらいです。叱られることを覚悟で探すのをやめようとしたとき。

「返してあげなさいよ」

「そうだよ、そうだよ」

「かわいそうだよ」

今度は、話し声が聞こえてきました。暗くなった運動場を見渡しても誰もいません。

「こっち、こっち」

声はガジュマルの木の上から聞こえてきました。見上げると、いくつもの光った目が見ていました。ぼくはびっくりして逃げ出したくなりました。

「良太君、だいじょうぶだよ、怖がらなくてもいいよ」

優しそうな声でぼくの名前を呼ぶ声が聞こえてきました。目をこらしてみると、髪の毛が足下まで伸びた、人間のような、動物のような生き物が、ガジュマルの上にうごめいていました。その中の一番大きくて偉そうな生き物が、ぼくの名前を知っていたのです。

「君のお父さんが、私の住み家であるこの一番大きなガジュマルに〈マンモス〉と言う名前をつけてくれたんだよ。それに君のおじいちゃんは、木登りがとても上手だったことも知っているよ」

ぼくの名前だけでなく、ぼくのお父さんやおじいちゃんも知っている生き物が、深刻そうな顔で話を続けました。

「実は今、大変な出来事が起こりそうなんだ。そこで児童会長である良太君に頼みたいことがあって姿を現したというわけなんだよ」

「人間は勝手だぞ。ボールは返さないぞ」

突然、サインボールを持った小さい生き物が叫びました。

「そんな意地悪なことを言わずに返してあげなさい」

ぼくの家族のことを知っている一番偉そうな生き物が諭《さと》すように言ってくれました。

「それなら、ぼくらの願いを聞いてくれたら返してあげるよ。約束してくれるよね」

ボールを持った生き物がぼくを見つめて言うと、

「うん約束する」

ぼくは、はっきりと返事をしました。

すると、すぐにボールを投げ返してくれました。そのボールをキャッチしたとき、ぼくは誰かに肩をたたかれました。

「ほら、先生見ているよ」

ぼくの肩をたたいたのは、隣の奈津美《なつみ》ちゃんでした。ぼくは何が起こったのかしばらくは気がつきませんでした。どうやら、夕方の運動場にいたのではなく、授業中、居眠りをしていたようです。

「良太君。遅くまでテレビ見ていたんでしょう。授業中に寝るなんて児童会長として失格ですよ」

悦子《えつこ》先生が怒った顔でぼくをにらんでいました。

「どうもすみませんでした」

ぼくは起立をして大きな声を出しながら深々と頭を下げました。ぼくのお笑いキャラをちゃんと理解しているクラスメイトが笑ってくれたのでほっとしたけど、隣の奈津美ちゃんが笑ってくれないので少しがっかりしました。

「良太君が見た夢を授業が終わったら先生にも聞かせてね。座っていいですよ」

悦子先生はいつもの笑顔に戻ってくれました。でも一番笑ってほしかった奈津美ちゃんは、面白くなそうに前を向いたままです。

ぼくは席に着くと、机の中に手を入れてボールを探しました。今朝、勝手に持ち出してきた父さんが大事にしているサインボールは確かにぼくの机の中にありました。

机の中のボールを握りしめながら、窓の外に目を移しました。三階にある六年一組の教室からは運動場がよく見えます。その運動場を取り囲むように立派なガジュマルが何本も植えられています。その中でも一番大きなガジュマルのことを〈マンモス〉という愛称で呼んでいました。

その〈マンモス〉を見つめながら『大変な出来事が起こる』『児童会長にお願いがある』と言っていた、あの人間のような動物のような生き物の真剣なまなざしを思い出しました。やはり夢だったのでしょうか。この前までのぼくだったら、この夢の出来事を奈津美ちゃんにすぐに話したに違いありません。

そっと、隣の奈津美ちゃんに視線を移しました。きりっと口を結び、真剣な表情で授業を受けている彼女がまぶしく見えました。

ぼくと奈津美ちゃんは幼なじみで、小学校低学年のころはいつも一緒に遊んでいたのに、高学年になってからは、ぼくは遠くから彼女の姿を見るようになっていました。だから、五年生の三学期に行われた児童会役員選挙で、ぼくが児童会長で、彼女が副会長に選ばれたとき、とてもとても嬉しかったことを覚えています。そして、彼女が「よろしくね」と差しだした柔らかい手の感触は、今でも忘れていません。

しかし、ぼくにとって児童会長の役目は重すぎました。まじめにあいさつしようとすればするほど緊張して言葉が出てきません。ぼくが児童会長に選ばれたのは、きっと面白いキャラだから、みんなはふざけて投票したに違いありません。だんだん児童会代表のあいさつなどは副会長である奈津美ちゃんがやることが多くなりました。そのたびに、奈津美ちゃんがぼくを馬鹿にしたような目で見ているように思えて仕方がありませんでした。

決定的だったのは、先月行われた運動会の応援練習で、ふざけてばかりいるぼくは「まじめにやってちょうだい」と奈津美ちゃんに真剣に怒られてしまったのです。あの事があってから、彼女はさらによそよそしくぼくに接するようになった気がしてなりませんでした。

学校から帰ると例のサインボールをそっと飾り棚へ返しました。

夕食の時間になり、おじいちゃんとお父さんも食卓についてます。ぼくは学校で見た夢の確認をしたくなりました。

「おじいちゃんも、お父さんもぼくと同じ学校に通ったんだよね」

「そうだよ。君のお父さんやおじいちゃんだけでなくおじいちゃんのお父さん……つまり良太の曾おじいちゃんも同じ小学校出たんだよ。ほら去年創立百三十周年のお祝いをしたでしょう。歴史のある学校なんだよ」

おじいちゃんは、自慢げに話してくれました。

「おじいちゃんが小学生のころも運動場にガジュマルの木はあったの」

「ああ、あのガジュマルはあったよ。よく木登りをして遊んだよ。おじいちゃんは木登りの名人と言われていたんだよ」昔を懐かしむように話してくれました。

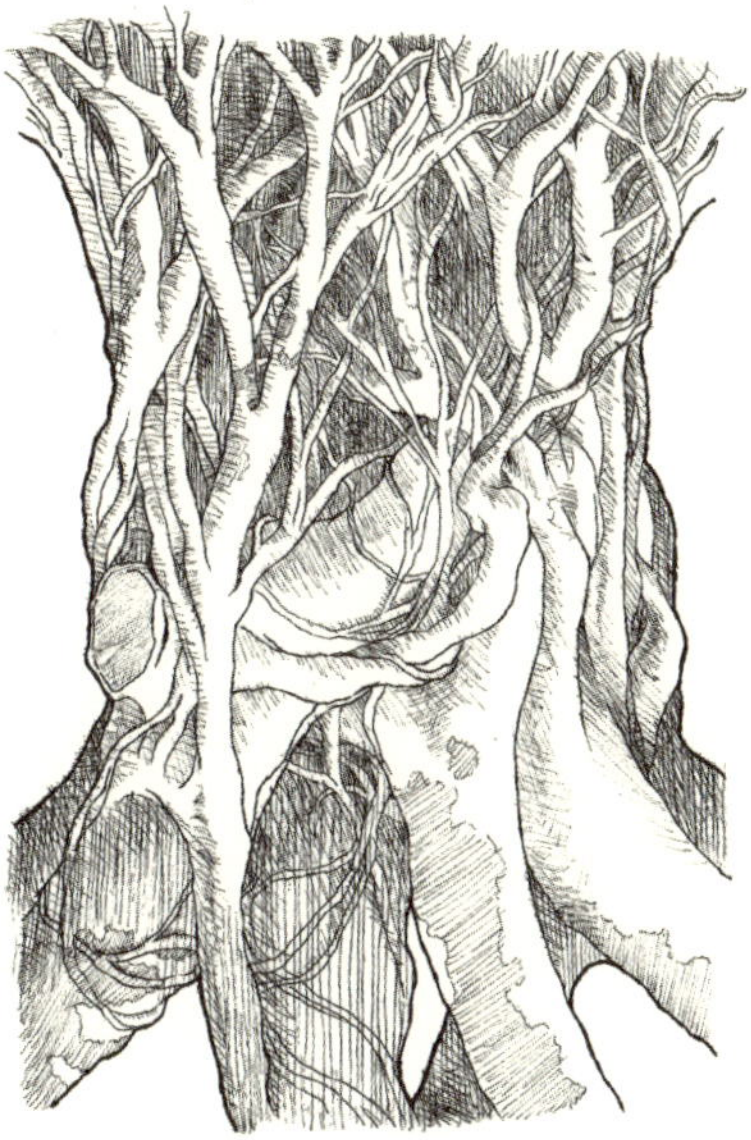

「へー、そうなんだ」と、あの夢の出来事と同じだと不思議に思いながら、今度はお父さんに尋ねました。

「運動場にある大きなガジュマルに〈マンモス〉と名前をつけたのはお父さんって、本当なの」

「今でも〈マンモス〉と呼んでくれているのか。それは名誉なことだ」

お父さんは、嬉しそうに答えました。

「お父さんが小学校三年年生のころだから三十年前の話になるかな。あのときの児童会があの大きなガジュマルを学校のシンボルとして名前をつけることにしたんだ。そこでお父さんは応募用紙に〈マンモス〉と書いて出したら見事選ばれたというわけだ」

お父さんは自慢そうに教えてくれました。

「あらっ、良太はどうしてそのことを知っているの。お母さんはお父さんから一度も聞いたことがなかったけど」

三人の話を静かに聞いていたお母さんがぼくたちの話に加わってきました。ぼくは、決心をして昼間見た夢の話をはじめました。

するど、「あはは、そうか、そうか」と、お父さんが大きく笑い出しました。

「あはは、そうか、そうか、良太も見たのか。それは面白い」と、おじいちゃんも大きく笑い出しました。

ぼくとお母さんは、二人がなぜ笑っているのかわからずぽかんとしていると、おじいちゃんが話しはじめました。

「良太が見たのはキジムナーだよ。赤っぽい服を着て頭から肩まで髪が伸びていただろう。ガジュマルの木に宿っている妖精だよ。悪さはしないけどいたずら好きなんだよ」

「おじいちゃんも見たことあるの」

「ああ、見たことあるよ。小さいころおじいちゃんが木から落ちたことがあった。おしりをさすりながら木の上を見ると、キジムナーがケタケタと笑っていたんだ。あのときのことは昨日のことようにはっきり覚えているよ」

おじいちゃんはあっさりと答えました。

「お父さんも見たことあるの」

「いや、お父さんは見たことないけど、友だちは見たと言っていたよ。特にあの〈マンモス〉には立派なキジムナー住んでいるらしい。お父さんも是非会ってみたいと思って、暗くなってから何度か〈マンモス〉の下で待っていたけど出てきてくれなかったんだよ。見える人と見えない人がいるかもしれないね」

「ところで、あのガジュマルの木が切り倒されるって聞いたけど、本当なの」と、お母さんが突拍子もないことを言い出しました。

「えー」

おじいちゃんとお父さんがそろって声を上げました。二人の声があまりにも大きかったので、お母さんは戸惑いながら話を続けました。

「県道を広げるために運動場のまわりにあるガジュマルも数本切り倒すことになっているらしいよ。まあ、うわさだけどね」

その話を聞いたとき、ぼくが一番びっくりしたかもしれません。心臓がバクバクしてくるのがわかりました。飾り棚に目を向けるとあのサインボールが見えます。

『ぼくらの願いを聞いてくれるよね』

『約束だぞ』

ぼくにボールを投げ返してくれた、あの小さいキジムナーの言葉が思い浮かんできました。

キジムナーたちに起こっている大変な出来事やお願い事が明らかになるにつれて、ぼくに背負わされた荷物が大きくなっていくような気がしました。それは、ガジュマルを守ることが児童会長としてやるべき仕事だと思ったからです。

翌朝、ぼくは決心して奈津美ちゃんが登校して来るのを玄関で待つことにしました。彼女ならきっといいアイデアを出してくれるに違いありません。ぼくにとって頼りになるのはやはり奈津美ちゃんなのです。彼女の姿を見つけると思い切って声をかけました。

「奈津美ちゃんに手伝ってほしいことがあるんだけど。聞いてくれる」

「あら、めずらしいですね、良太君がまじめな顔で話すなんて。どうしたの」

ぼくは、昨日の授業中に見た夢やお父さんとおじいちゃんの話とともに、運動場のガジュマルが切り倒されることも伝えました。キジムナーの話は信用しているとは思えないけど彼女は一生懸命にぼくの話に耳を傾けてくれました。

「いつやるの?」

突然、奈津美ちゃんがいたずらっぽく言ったので、

「今でしょう!」

と、テレビのコマーシャルのようにすかさず答えると、彼女は大きな声を出して笑ってくれました。その笑顔は、これまでのぼくの悩みを一気に吹き飛ばしてくれるのに十分で

した。

　早速、二人で校長先生にお願いすることになり、校長室のドアをノックしました。校長先生は、突然の来客にびっくりしたようでしたが、丁寧に応接間のソファーへ二人を案内してくれました。

「どうしたの。児童会長と副会長の二人そろって校長室を訪ねるなんて珍しいですね」

「校長先生、運動場のガジュマルが切り倒されるって本当ですか」

　ぼくはすぐに尋ねました。すると、校長先生は立ち上がって図面を取ってくるとテーブルの上に広げて説明してくれました。

「実は私も困っているんだ。一昨日、役所の方と県道事務所の係がこの図面を見せながら協力してほしいと言うんだ。ほら、見てごらん。運動場南側のガジュマル七本が切り倒される計画らしいんだよ」

「校長先生は賛成なんですか」

　奈津美ちゃんが珍しくうわずった声で聞くと、

「学校のシンボルであるマンモスが切り倒されるなんてもちろん反対だよ。でもそれは私が決めることではないんだよ」

校長先生は悲しそうな顔で言いました。

「どうしたらいいんですか。何か児童会にできることはないですか」

ぼくは、あのキジムナーの表情を思い出しながら校長先生に尋ねました。

「そうだね。校長先生ができることを考えるから、君たちは君たちでできることを考えてごらん。期待しているよ」

その言葉をもらって二人は校長室を後にしました。

「私たち児童会にできることか。何ができるかな」

奈津美ちゃんもすぐにいいアイデアが浮かばないらしく、独り言をいいながらぼくの前を歩いていました。

「そうだ奈津美ちゃん。この問題は二人だけで考えることではない思うよ。学校中のみんなからいいアイデアを募《つの》ろうよ」

〈マンモス〉の愛称は、お父さんが小学生のころ、児童会がみんなから応募して決めたと言っていたことを思い出してぼくは提案したのです。

「そうね、いい考えだね。まず各学級の代表が集まって意見を出してもらいましょう」

彼女はそう言いながらぼくの方に振り向き、右手の親指をたてて賛成してくれました。

放課後、児童会室に各学級の代表が集まってきました。ぼくがガジュマルが切られてしまう話をすると、誰もがびっくりしていました。「運動会のときに弁当を食べる場所が無くなってしまう」「木登りやせみとりもできなくなるよ」「秘密基地も作れなくなる」あちらこちらから不満の声が聞こえてきました。

「はい、みなさん静かにしてください。今日はあのガジュマルを守るためにどうしたらいいかみんなで考えたいと思います。いい考えがあったら手をあげて発言してください」

　司会の奈津美ちゃんがてきぱきと話し合いを進めてくれました。

すぐに三年生の女の子が手を挙げました。

「私は、署名運動をやったらいいと思います。ガジュマルを残したい人は大勢いるはずです。たくさんの人の署名が集まると思います」

続いて四年生の男の子が手を挙げました。

「街のあちらこちらの掲示板に自分たちでつくったポスター貼ると、みんなが応援してくれると思います」

　そのほかにも市長さんにはがきを出す作戦やガジュマルに『私を切らないでください』と看板を立てるなどの意見も出されました。

話し合いの結果、署名運動とポスター貼りと総決起大会の三つをやることになり、さっそく児童会役員を中心に、ぼくらの活動は始まりました。

『署名に協力をよろしくお願いします。私たちの南小学校のガジュマルをみんなで守りましょう』

大きな声がイベント会場や商店街で聞こえてきます。その中心となっているのが六年一組の仲間たちです。誰もが生き生きと活動しています。まわりの大人たちも積極的に署名をしてくれるので嬉しくなりました。

ポスター貼りも順調に進みました。ガジュマルの絵に『助けて下さい』『ガジュマルを守れ』『学校のシンボルを消すな』などと描かれたポスターが、市内のあちらこちらに貼られました。ポスターの下の方に『ガジュマルを守る総決起大会』『期日一月三一日』『場所南小学校グラウンド』『主催南小学校児童会』と記されていました。

大会が近づくにつれて、ぼくたち小学生の呼びかけに集まってくれるのだろうかと不安と期待が増してきました。

大会当日、その不安はすぐに吹き飛びました。ぞくぞくと運動場に人々が集まってきます。お父さんやお母さんたちだけでなく、おじいちゃんやおばあちゃんたちもいます。中学生や高校生も参加してくれています。校長先生、ＰＴＡ会長、自治会長さんも姿を見せてくれました。校長先生に前の方にと促すと「いや、今日は君たちが主人公だ。ありがとう」と言って児童会の後ろ方にＰＴＡ会長と並んで座りました。二人ともにこにこしていました。

「まずは児童会長からみなさんにお願いがあるそうです。良太君、どうぞ」

ぼくは奈津美ちゃんに促《うなが》されてみんなの前に立ちました。足が震えているのがわかります。覚えていた最初の言葉が浮かびません。ふと運動場のまわりに目をやると、風に吹かれたガジュマルたちがガンバレと手を振っているように思えました。

「このガジュマルは、私の曾おじいちゃん、おじいちゃん、お父さんたちを見守ってきた、大事な宝物です。ぜひみんなの力で守りましょう。よろしくお願いします」

大きな拍手が会場からわき起こりました。奈津美ちゃんも笑顔で拍手をしていました。

大会も無事終わり、卒業を間近に控えたお昼休みのときでした。

『児童会長の良太君と副会長の奈津美さんは至急校長室に来てください』と校内放送が流れました。

校長室でかけつけると、校長先生は、嬉しそうに私たち二人に握手を求めてきました。

「ありがとう。あなたたちのおかげで、ガジュマルを切らない方法で道を広くする計画に変えたと先ほど役所から連絡があったよ」

話が終わると同時にぼくと奈津美ちゃんは自然にコツンとこぶしをぶつけていました。

教室に戻りクラスメイトにそのことを伝えると拍手と万歳がわき起こりました。それを眺めていた悦子先生がとんでもない提案をしました。

「今日の五校時の授業は木登りにしよう」

ぼくらはいっせいに教室を飛び出して〈マンモス〉の下に集まりました。

「ねーみんな、二十歳の成人式にこの〈マンモス〉の下に集まろうよ」ぼくがみんなに呼びかけたとき、奈津美ちゃんが、いたずらっぽい笑みを浮かべて叫びました。

「あ、キジムナーだ」

ガジュマルの葉っぱを揺らしながら、何かが飛び跳ねて枝を渡っていくように見えました。奈津美ちゃんには本当に見えたのか、ぼくの夢だったのかはわかりません。

ただ二十歳の成人式の日に、みんなの笑顔がこの〈マンモス〉の下に集まる、そんな予感がしました。

フラーアンマーのどくろ

「ヒミツ基地のシンボルマークを作ろう」

ぼくの親分である隆《たかし》が、偉そうに言った。

「シンボルってなーに」

と二年生の弘《ひろし》が聞く。

「シンボルとは、印だ。ここがぼくらの基地であることを示すものだよ。できるだけ、かっこいいのがいい。そして、強そうでなければならない。まずは見栄えが大事だ。あいつらの基地に負けてはいけない」

隆が言う「あいつら」とは、部落東側の山に基地を構えている和信《かずのぶ》たちのことだ。もともとぼくらは彼らと同じ少年野球チーム仲間だった。少子化の波とか、過疎化の波とか、まあいろいろあって低学年の子も試合に出さなければならなかったチーム事情ゆえ、惨めな負け方を続けたあげく自然消滅してしまった。

野球チームを失ったメンバーは、格差社会の荒波にのまれたと言ったら言いすぎだが、都会の学習塾やスイミングスクールに通えるものと通えないものにわかれたわけだ。つまり、ぼくらと和信たちとは同じ境遇で、両親が共働きで子どもの塾の送り迎えができない専業農家の子がほとんどだった。同じ境遇同士が、なぜ二つのグループにわかれたのか定かではない。たぶん大人の社会でよく離婚の理由に使われる、隆と和信の『セイカクノフイッチ』というものだ。

和信は、隆と同じ六年生で、何かと有名人でもあった。頭もいいし、足も速い。そのうえ顔をもいいときている。そして決定的な事に、女の子にもてる。

隆は、そのような和信を目のかたきにしている。劣等感は、ライバル心をかき立てるものだ。隆と和信の関係は、ぼくにとってはどうでもいいことだが、物事は嫉妬やねたみの感情によって進むことがよくあるので、やっかいである。親分の性格の被害を受けるのは子分だからだ。隆が年上の威厳を保とうと無理に威張るところは、特に気に入らない。しかし、それは素直で気弱な性格がそうさせているのだと思うと、嫌いになれないところもある。

その頼りない親分の隆がヒミツ基地のマークを作りたいと言い出したのである。

ぼくらのヒミツ基地は、部落西側の山の中にあった。仲間は、さっきから威張っている六年生の隆と、五年生のぼくと、四年生の勇気《ゆうき》と元気《げんき》の双子の兄弟、そして二年生の弘を含めて五名である。最近は学校から帰ると、かばんを放り投げ毎日のようにヒミツ基地に集まって、そこに任天堂のＤＳを持ち込んだ。基地は鍾乳洞できた自然壕を利用していた。

壕のまわりには木が生い茂り、ただならぬ気配を漂わせている。入り口は狭いが、中は人が立てる場所もある。ごつごつした大きな石が奇妙なかたちをして、あちらこちらからはみ出している。戦争中は、多くの住民が息を潜め隠れていたと聞く。その壕の一番奥に、隆は座っている。

そこへさっき偵察にいった四年生の双子が戻ってきた。だれが元気で勇気か、見分けがつきにくい。

「ゲン、ユウ、どうだった」

ぼくは、面倒くさいのでまとめて言った。

「デージかっこよかった」

二人が声をそろえて答えた。

「どんな風にかっこいいんだよ」と隆が聞いた。

「基地の上に、のぼりが掲げられている。竜の絵が描いてあるのぼりだった。ほら、赤い竜のかたちだ。目がぎょろっと大きくてひげが長い。今にも、天に昇っていきそうなんだ」

右の耳たぶにほくろのある元気が答える。

「そうか」と隆がうなる。そして舌打ちして言った。

「誰もいい考えはないのか。やつらの基地のマークより役に立たないなあ。お前たちは」

「役に立たないのは、どっちだよ」とぼくはつぶやいた。

それが聞こえたかのように「豊《ゆたか》、いい考えがあるのか」と、隆がぼくを睨みながら言った。

「フラーアンマーの仏壇の奥に隠されているどくろを、シンボルとして基地の前に置くのはどうだろうか」

ぼくは口に出した後、すぐに言わなければよかったと思った。部落中の誰もが知っている暗黙の了解を破ったような気がした。

「どくろってなーに」

弘が聞いた。

「骨のことだよ。頭のな。頭蓋骨《ずがいこつ》だ」

隆がえらそうに答えた。

「だめだよ。それは。怒られるよ。フラーアンマーがとても大事にしているものなんでしょう」

双子の勇気が目を丸くしながら言った。

「いや、それはいい考えだ。基地の前につりさげるのだ。いや、棒を立ててひっかけるのもいい。テレビで見た事あるんだ。どこか遠い南の島のジャングルでさ、部族通しの争いに勝った証として敵の頭蓋骨を棒のてっぺんに乗っけているんだ。とても強そうに見えると思う。ペンキで赤く塗るのもいい」

隆が乗り気になって言った。ぼくはあせった。

「本物を置くより、海賊のように、どくろマークを描いて、木の上にはためかせた方が目立つと思うな」

ぼくは、先ほどの提案を後悔しながらいいわけがましく言った。

「いや、本物がいいに決まっている。和信たちもきっとびっくりするだろう。うん、それがいい。よし、決まりだ。いいな、みんな」

隆にしては、きっぱりとした口調だった。

フラーアンマーの家は、部落のはずれにあった。茶色にさびたトタン屋根の上には、古タイヤがいくつも置かれ、茅やアワユキセンダングサが芽を出していた。屋敷を取り囲んでいる石灰岩で積まれた石垣のあちらこちらを、ユウナやガジュマルの根っこが崩《くず》しはじめていた。

ぼくらは、崩れたあいだからフラーアンマーの屋敷に何度も忍び込み、グアバやシークワーサーを盗んだことがあった。フラーアンマーは、さして気にしている様子もなく、ぼくらの勝手にさせていた。ポケットや帽子が実でいっぱいになると、するすると木から降りた。そして「フラーアンマー、フラーアンマー」とはやしたて、フラーアンマーが家から飛び出してくるのを喜んだ。「ヤナワラバー」とどなりながら、フラーアンマーはかかと近くまで延びた髪を振り乱し、薄くなった島ぞうりをつっかけて追いかけてくる。ぼくらが屋敷から出るのを見届けると、そこら追いかけてくることもなかったし、後で親に言いつけることもなかったことは好都合だった。

しかし、今日はいつもと違った。ぼくらは家の中に忍びこみ、仏壇にあるフラーアンマーの大事な頭蓋骨を盗もうとしている。

「よし、豊は屋敷の裏から忍び込め。残りは正面からフラーアンマーをおびき寄せる。豊が屋敷の中入ったら、俺が戸に石を投げつけるのが合図だ。フラーアンマーが家から出たら入りこんで頭蓋骨を取ってくるんだ」

隆が命令した。

「俺が取ってくるのか」

ぼくは、不服を申し出た。

「そうだ豊、お前しかいないだろう」

隆は、同意を求めるようにみんなを見回しながら言った。八つの瞳が、ぼくに向けられている。お前が言い出したんだろうと言っている目なのか、頼りにしているという目なのか理解しかねたが、誰もその役をやりたくない事は理解できた。

「よし、豊は裏に回れ、元気と勇気と弘は俺についてこい」

隆はそう言い残し、子分を引き連れて、ヒンプンのある正面に向かった。取り残されたぼくは、仕方なく裏にまわり、崩れた石垣を注意深くよじ登った。屋敷に足を踏み入れると雑草がからみついた。音を立てないように家に近づいた。

中から話し声が聞こえる。フラーアンマーの声だ。ぼくは、そっと窓からのぞき込んだ。フラーアンマーは、仏壇の前に座っている。向かいには、白い二つの頭蓋骨が置かれている。

「ワン ワラビよ。ひもじいでしょう。早くご飯食べなさい」

フラーアンマーは、頭蓋骨にご飯を勧めている。

「残さないで食べなさいよ」

ぼくらは、気が狂っていると言う意味で、カメーオバーのことを『フラーアンマー』と軽蔑をこめて呼んでいた。でも一人暮らしのフラーアンマーの家から毎日のように話し声が聞こえてきたのは、二つの頭蓋骨と会話していたからである。

フラーアンマーは、ぶつぶつと話し続けている。ぼくは、気づかれないように息を潜めていた。

突然「ドン」と、大きな音がした。

「フラーアンマー、フラーアンマー」と隆たちの大きな声がした。

フラーアンマーは、頭蓋骨を仏壇の奥に隠すと予定通り飛び出していった。

「ヤナワラバーや」と怒鳴るフラーアンマーの声が聞こえる。

ぼくは、窓を飛び越え部屋の中に入った。仏壇の小さな戸を開けると線香の臭いがしてきた。

先ほどの食べ物が飾られたままだ。お茶も添えられている。奥をのぞき込むと頭蓋骨があった。ぼくは、急いで頭蓋骨をつかんだ。思ったより小さくて軽くひんやりとしている。一個を左脇に抱え込み、もう一個をつかみ取ろうとしたら、手から滑り落ちて畳の上に転がった。頭蓋骨が柱にぶつかり、コツンと音を立ててぼくの方を向いて止まった。小さな頭蓋骨が口を開いて笑ったような気がしたが、それにかまわず頭蓋骨を拾い、両脇に抱えこんで外へ逃げ出した。部落の中を走り抜け基地に戻ると、先に到着した仲間がぼくを迎えた。

「どうだ、うまくいったか」

と隆が言った。

「二個とも捕ってきたよ。ほら」

抱えた頭蓋骨を差しだそうと両脇の力を緩めたが離れない。ぼくの両腕に頭蓋骨がかみついていて離さないのだ。痛みが走った。しっかりとぼくの腕に食いこんでいる。

「ふざけないで出せよ」

と隆がせかした。

「ふざけているんじゃない。離さないんだ。あいたた。いたい。いたい。誰か口を開けてくれないか。いたくて死にそうだ」とぼくが言うと、隆が右側の頭蓋骨をつかんで引っ張った。

「ちょっとストップ。ストップ。痛い、痛い。ちぎれてしまうよ」

右の腕をみると血がにじんでいる。

「豊にーにー、だいじょうぶ」

弘が、今にも泣きそうな声で言った。元気も勇気も不安そうな目で見つめている。痛みと不安と恐怖が増してくる。ぼくはだんだん泣きたくなってきた。豊は右側の頭蓋骨をあきらめて左側の頭蓋骨の口を開こうとした。開こうとすればするほど、かたくなに閉じようと頑張っているようにみえた。

「フラーアンマーを呼んでくる」

弘は壕を飛び出していった。誰も止める者はいなかった。ぼくは、とにかくこの痛みから解放されたかった。

豊がもう一度強くこじ開けようとしたとき、両方の頭蓋骨の目が笑ったかと思うと、さらに強く強烈な痛みが走り、ぼくは気を失ってしまった。


気がつくと、壕の入り口だった。突然大きな音がした。砲弾が炸裂したのだ。

「そこは、危ないよ。奥に入りなさい」

奥から女の声がした。

暗くてよく見えない。赤ん坊の泣き声が聞こえた。ぼくは、中の方へ進んだ。よく見ると十数名ぐらいの人がいる。隆たちは見えない。知らない人ばかりだ。

「静かにしないか。敵に気づかれるぞ」

ひげを生やしたおじさんが女に言った。ここはいったいどこなんだ。ぼくの両腕に噛みついていた頭蓋骨は、なくなっていた。

「こっちへきなさい」

女の人の声が聞こえた。ぼくは薄暗い中をゆっくりと近づいていった。フラーアンマーだ。歳は若いが間違いなかった。両脇に小さい子どもを抱えている。より小さい方の子が、女の乳房にしがみついている。蒸し暑く息苦しい。乳が出ないのか、赤ちゃんがさらに大きな声で泣き出した。

「静かにさせろ」

先ほどのおじさんが怒鳴った。女は、まわりの目を気にしながら必死に赤ちゃんをあやしている。砲弾がやんだ。静けさが暗闇を襲った。赤ちゃんの泣き声がだけが聞こえる。

「口を押さえろ。米兵が近くにいるぞ」

女は、必死に赤ちゃんの口を押さえた。

戦車のキャタピラの音が聞こえてくる。やがて壕の入り口でその音は止まった。

「ハヤクデテキナサイ。テヲアゲテ、デテキナサイ。イノチハホショウシマス。ミズモアリマス。タベモノモアリマス。ハヤクデテコナイト、タイヘンナコトニ、ナリマス。ハヤクデテキテクダサイ」

入り口の方からスピーカーを通した声が聞こえた。

「みんな一緒に出よう」

ぼくは言った。誰も気づいてくれない。女の人以外は、ぼくが見えないらしい。

「オキナワノミナサン。ダイジョウブデス。ハヤク、ココカラデテクダサイ」

外には、たくさんのアメリカ兵がいるようだ。

「早く出たほうがいいよ」と、ぼくは女に言った。

「だめだ。どうせ殺されるに決まっている。それより、子どもと一緒にここで死んだ方がいい。この子たちのお父さんも、もう死んでいるの。はやくお父さんの所に行こうね」

女は、乳房から離した我が子の口と鼻をふさいだ。

おじさんの声が聞こえた。まわりでも何名かが手をかけているようだ。あちらこちらで、うめき声が聞こえる。しばらくして大きな爆発音とともに煙が充満した。敵が壕の中に手榴弾を投げ込んだらしい。ぼくは息苦しくなって気を失ってしまった。

目が覚めると、仲間の心配そうな顔があった。ぼくの腕にかみついていた頭蓋骨は、フラーアンマーの懐の中に大事に隠されていることに気がついた。

「痛くはないねー」

頭蓋骨を抱えたフラーアンマーがぼくに向かって優しく聞いた。ぼくは返事のかわりに首を振った。

「さあ、早く家に帰ろうね」

フラーアンマーは、懐に隠した二人の子どもに呼びかけるようにして壕を出ていった。

ぼくは、歯型が残っている腕をさすりながらあたりを見渡した。壕の天井には黒くすすけた後が残されているのを確認することができた。

ぼくが見た事は夢ではなく、七十年前の戦争があったときこの壕で起こった出来事だったんだと確信した。ぼくが見てきたことは誰にも言わない事にした。

「罰が当たったんだ。きっと」

隆が恐ろしそうに言った。ぼくは、怖い思いをしたことより、フラーアンマーに悪い事をしてしまったことを悔やんだ。

ぼくらがシンボルマークを作るのをあきらめてから、しばらくたったある日の事だった。

「大変、大変、和信たちがフラーアンマーの骨をねらっている」と言いながら、元気と勇気が駆けこんできた。

「どうして、和信たちがフラーアンマーの頭蓋骨を盗る必要があるんだ」

と隆が言った。

「和信とその子分たちが役所の人と一緒に遺骨収集団をフラーアンマーの家に案内しているのを見たんだ。あれは、絶対フラーアンマーの頭蓋骨をねらっているに違いない」

と勇気が息を切らしながら言った。

「遺骨収集団ってなーに」

と弘が聞いた。

「遺骨収集団とはなー、戦争で亡くなった人の骨を集める事だ。戦後七十年を過ぎてもまだたくさんの遺骨が残っているそうだ。それを集めて納骨するのさ」

隆が面倒くさそうに言った。

「もちろん、拾いやすいのはすでに集めてあるよ。残っているのは、埋まってしまった壕の中や地中深く埋められた骨とそれからフラーアンマーの…」とぼくが言いかけたときだった。

「助けてー。敵がくる。ワン　ワラバー奪おうとしている」

息を切らしながら、フラーアンマーがぼくらの基地に飛びこんできた。フラーアンマーの必死の形相に、ぼくはどきっとした。二つの頭蓋骨がフラーアンマーのはだけた着物の胸元からはみ出している。フラーアンマーは、敵から逃げるように防空壕に駆けこんできたのだ。

「よし、フラーアンマーの宝物を守るぞ」

隆が力強く言った。もちろんぼくに異論があるはずがない。フラーアンマーは、壕の奥にずんずん進みはじめた。おそるおそるぼくらもついて行った。岩場がくぼんだ場所に来て、フラーアンマーは立ち止まった。

「私が中に入ったら、外から見えないように石を積んでほしい」

フラーアンマーは真剣な表情で頼んできた。

「だめだよ。死んじゃうよ」

弘が言った。

「だいじょうぶ。石の間から空気は入るから死ぬ事はないよ。早く隠してちょうだい」

とフラーアンマーは言うと、くぼみの中に入り、ちょこんと座った。

「よし、みんなで壁を作るぞ」

隆の声で作業が始まった。ぼくらは黙々と石を運び、黙々と積み上げた。フラーアンマーの姿が見えなくなって作業が終わった。

「オバー、だいじょうぶねぇ」と弘が聞いた。

「だいじょうぶだよ」

フラーアンマーの小さな声が聞こえた。石の隙間からのぞき込むと、フラーアンマーは二つの頭蓋骨をいたわるように抱き込みながらうずくまっている。

「水と食料だ」

隆が言った。ぼくは、食べ物と飲み物を調達するため壕を出た。

壕の近くで和信達と遺骨収集団に出会った。

「豊、フラーアンマーを見なかったか」と和信が尋ねた。

「いいや」ぼくはどきどきしながら答えた。

遺骨収集団は、三日間この地域を捜索する事になっていた。ぼくらの任務は、三日間フラーアンマーをかくまう事だった。それは簡単に見えて難しかった。フラーアンマーが日に日に弱っていったからである。

「オバー、ひもじくはないか」

ぼくらが差し出したおにぎりとペットボトルのお茶は、覚悟したかのように、口にしてなかった。

三日目の朝、ぼくは夜明けと同時に家を飛び出し基地へ向かった。壕の中に入り、石垣から中をのぞき込んだ。

「オバー、オバー、朝だよ。朝ご飯だよ。起きてよ」

フラーアンマーは、ぴくりとも動かない。ぼくは、積み上げた石垣を崩した。フラーアンマーの身体を揺すったが目を覚まさない。

「オバー、どうしたの。死んではだめだよ」

ぼくはびっくりして基地を飛び出し、大人を呼びにいった。

騒ぎを聞きつけ部落の人たちが壕の中に集まった。

「カメーオバー、とってもいい顔をしているさー。やっと終わったねー。ご苦労さん」

一人のお年寄りが言った。

「そうだね、カメーオバー、ずいぶん長かったね。苦しかったでしょうね。もういいよ。終わったよ」

翌日、フラーアンマーの葬儀は、村中の人たちに見守られて、しめやかに行われた。

もちろん、二つの遺骨もフラーアンマーの棺に入れられた。

「カメーオバー、長かったね、やっと一緒になれて良かったね」

二人の子どもはもうだれも連れていかないよ。ぼくらは、戦後七十年目の夏空にとけこんでいく火葬場の白い煙を眺めながら手を合わせた。

午前零時の
歴代校長会議

朝早く学校に出勤した校長先生は机の上に置かれた封筒を不思議そうに手に取った。昨日、校長室を閉めたときにはなかったはずの封筒には『第四十一代目校長比嘉《ひが》健《たけし》殿』と仰々しい文字が記されている。それは、読むのに苦労するぐらいの達筆であった。

名前の横に記されていた少し大きめの『招集状』の文字を比嘉校長先生は小首をかしげながら眺めていた。案内状や招待状に比べ重々しい言葉に思えた。裏返してみたが差出人の名前は見当たらない。怪訝そうな顔で封を開けた。

「えっ、『歴代校長会議への参加について』だって」と思わず、ひっくり返るような大きな声を上げてしまった。さらにびっくりしたことは、呼びかけ人の名前だ。初代校長『田中一郎』と十九代校長『島元清秀《しまもときよひで》』が連名で記されていた。

気配を感じて後ろを振り返ると歴代校長のモノクロ写真が並んでいた。確かに一番右端に飾られている初代校長の名前は『田中一郎』であった。立派なあごひげをたくわえ威張っているように見えた。歴代順に並べられた写真を目で追っていくと十九代目の校長の名前は『島元清秀』であった。他の歴代校長とは違い軍服姿である事に気がついた。島元校長は悲しそうに何かを訴えているような目をしていた。その写真を見つめながら、前任者の上原校長先生と引き継いだときの事を思い出した。

「この学校には、不思議なことがあるんだよ」

薄笑いを浮かべて四十代目の上原校長先生は話しはじめたのだ。

「それは、歴代校長会議だ。ご存じの通りこの学校は明治十三年の創立だ。明治・大正・昭和・平成の時代の流れの中で、歴代の校長先生がこの学校を守ってきたんだよ。その歴代の校長先生が午前零時にこの校長室に集まって行われる話し合いが、歴代校長会議だ。もちろんそれは他言無用の秘密会議だ」

比嘉校長先生は鳥肌が立ってきた。

「写真の中の校長先生だけが集まるんですか。もうすでに亡くなった……」

不安に駆られて上原校長先生に聞き直した。そんな怖い、しかも夜中に行われる会議なんて参加したくないと思ったからだ。

「いや、現役の校長先生も参加するらしい。実は、ここ数年開かれたことがないらしいんだ。だから私もまだ参加したことがないので、詳しいことはわからない。ただ、今年は開かれるとのことだ。ぼくは楽しみにしているよ」

いたずらっぽい上原校長先生の笑顔を思い出しながら、比嘉校長先生は壁に飾られた写真から手元の招集状に目を移した。

期日　『平成二十七年八月三十一日』
時刻　『午前零時』
場所　『校長室』
参加者　『歴代校長四十一名』
議題　『不登校児童に関すること』
以上

比嘉校長先生はすぐにカレンダーを見た。今日は八月三十日である。とすると、会議は今日の夜中に開催されることになる。夏休み最後の日に行われる秘密の歴代校長会議に比嘉校長先生は興味が湧いてきた。

顔を上げると、ずらっと壁に並んだ校長先生たちに見つめられているような気がした。『是非参加するんだよ』と呼びかけているようでもあった。

校長室のドアの向こうから聞こえてくる子どもたちのにぎやかな声に比嘉校長先生は我に返った。登校時間だ。いつもと同じような一日が始まる。でも手元にある招集状は、いつもと違う出来事が起こることを予感させた。


この小学校がある沖縄本島南部では七十年前の戦争で多くの人々が亡くなったという。そのような悲しい出来事があったとは思えないぐらい、のどかな農村風景が学校のまわりには広がっている。校庭には百日草やひまわりなどの草花が咲き、運動場のまわりをガジュマルの木が取り囲んでいる。新しいモダンな校舎からは子どもたちの元気な声が聞こえてくる。

建て替えられたばかりの校舎を近くを通るお年寄りたちが「上等だね」と口々に誉めてくれる。あの戦争を体験したお年寄りほど学校に対する思い入れが強いことを比嘉校長先生は知るようになった。でも、戦後生まれの比嘉校長先生は、本当の戦争の恐ろしさや苦しみなど知るよしもなかった。

校長室からは、太陽の光を浴びてキラキラとかがやくサトウキビ畑が見えた。心地よい南風はみどりの葉っぱを揺らしながら校長室まで流れこんでいた。戦後七十年目の夏空に白い雲が浮かんでいた。


その夜、いよいよ歴代校長会議の始まる時間になった。時計は午前零時を指している。夜の学校は不気味であった。昼間の喧噪が夜の静まりを際立たせるのだろう。子どもたちの声を吸い込んだコンクリートの壁から声が聞こえてきそうな気がする。比嘉校長先生はおそるおそる校長室へ向かう。近づくと声が聞こえてきた。夜のしじまの中で聞こえるひそひそ話ほど怖いものはない。声を上げそうになり引き返したくなった。だが勇気を振り絞《しぼ》ってドアを開けた。

いつもの校長室とはちがうひんやりとした空気が流れてくる。薄明かりの中で人々が集まっている。目が慣れてくると比嘉校長先生は、部屋いっぱい集まった歴代の校長先生の視線を浴びていることに気がついた。それは遅れてきたことに対する批判的な目ではなく『良く来てくれた』と言っているような温かい目であった。

パジャマ姿で前任者の上原校長先生もいた。実際は眠ったままで夢の中から参加しているようだ。とすると、写真のままの姿で出席している校長先生は亡くなっている方々であろう。ぼわっと浮かんでいるように見える。パジャマ姿だが鮮明に見える校長先生たちは、まだ生きているということの証であると、比嘉校長先生は推測した。

「では、始めるとしよう」

初代校長の田中先生が重々しい声で話しはじめた。

「今度の議題は、お知らせしたとおり命に関わることだ。本校の歴史の中でも最も重要な話し合いとなる」

初代校長の田中先生は立派なあごひげをなでながら話しつづけた。

「実は、十九代目の島元校長から相談があった。助けてほしいとのことだ。さっそく島元校長先生の話を聞いてほしい」

初代校長に促されて十九代目の校長がみんなの前に立った。軍服姿の島元校長は、直立不動の姿勢から深々と頭を下げた。

「まずは、みなさんにお詫びしなければならない。私は大勢の子どもたちを死なせてしまった。大変申し訳ない」

その声は震えていた。頭を下げたままの島元校長の肩に初代校長の田中先生の手が置かれた。

「仕方のないことだ。時代とはそういうものだ。ほら、頭を上げなさい」

優しく、威厳に満ちた初代校長の声に促され島元校長はゆっくりと頭を上げた。その目からは涙があふれていた。

「私は生き残ってしまった。情けないことに死ぬことができなかったのだ。今でも苦しくて苦しくて死にたいんだ」

島元校長が涙声で言った。すると、

「何を言うか。馬鹿たれ」

初代校長の大きな声が校長室に響いた。その迫力に歴代の校長先生たちは押し黙っていた。その静まりの中、初代校長が島元校長の肩に手を置きながら諭すように話しはじめた。

「島元校長先生。あなたにはやらなければならないことがあるだろう。今晩はあなたの力になりたいと思って歴代の校長先生たちが集まってきているんだよ。あなたには目の前の子どもたちを支える重要な責任があるんだよ。さあ、今悩んでいることを話してごらん」

歴代の校長先生たちは、島元校長先生が話しはじめるのを静かに待った。

「戦争が終わり山原の収容所から子どもたちが戻ってきた。多くの子どもたちは生き延びて勉強ができるようになったことに喜びを感じているようだ。でも、中には生き残ってしまったことに負い目を感じ死にたいと口にする者がいるんだよ。それは、私の責任だ。子どもたちに国のために死ぬことばかりを教えてきた。私には、その子に対して何も言う資格がないと思う。どうしたらいいのかわからないんだ。みなさんの知恵をかしてほしい」

島元校長先生は深々と頭を下げて助けを求めた。話し終わると初代校長が島元校長先生に続いて言った。

「今、自らの命を絶とうとする子どもがいる。せっかくあの悲惨な戦争を生き延びてきた命だ。是非助けたい。時代をつなぐことは簡単ではないし、命をつなぐことも簡単ではない。人にとって大事なのは、与えられた命の時間を大切に過ごすことだと思うよ。そして社会にとって大事なことは、過去を振り返り、今を大切にしながら、未来向かって夢を持つことだと思うんだが。どうだろうか、比嘉校長先生」

言い終えた初代校長の視線が現代の比嘉校長先生に向けられた。

突然の問いかけに比嘉校長先生は慌てた。比嘉校長先生にとってわかったような、わからないような話が続いていたので、頭が混乱していたに違いない。少し間を置いて比嘉校長先生は静かに立ち上がって言った。

「どうして子どもたちに〈国のために死ぬ〉などと教えたんですか」

比嘉校長先生は素直に言葉を発したかも知れないが、その場に緊張感が走った。それは島元校長先生を問い詰めるような言い方に聞こえたからであろう。あちらこちらからざわめきが聞こえてきた。

「おっしゃるとおりだ。そのような時代だったといいわけはしたくない。私は間違えた教育をしていた。だから、あなたは間違わないでほしい」

軍服姿の島元校長がすくっと立ち上がり真っ直ぐに比嘉校長を見つめて言った。悲しそうな目で見つめられた比嘉校長先生は後悔していた。その時代に起こった出来事が間違っていたことは、後《のち》の時代になってわかることである。今を生きる者にとって必死に今日一日を過ごしているだけだと気づいた比嘉校長先生は、謝罪の言葉を口にした。

「教え子を失った悲しみを理解することができなくてすまん。あなたの苦しみはいかほどか私にはわからない。ただ、私も目の前の子どもたちを大事に守りたいと思っている。その思いは一緒だと思う。今の私にできることがあれば何でもやりたいと思っている」

　そのとき初代校長が拍手をした。それにつられ部屋中に拍手がわき起こった。拍手が終わると島元校長先生が立ち上がって言った。

「今、生きることに希望を失っている子どもが目の前にいる。小学校五年生の金城昇一君だ。彼は家族を全員失った。特に一番可愛がっていた妹を目の前で死なせてしまったことがショックだったのだ。昨日も『死なせて下さい』とお願いしてくる。かわいそうで見ていられない。死ぬことを美化して教えた私が悪いんだ」

「そのことは、もういい。どうしたら助けることができるかが大事だ。比嘉校長先生に考えてもらおう。たのむぞ」

　初代校長は有無を言わさない口調で言った
　みんなの視線が比嘉校長先生に注がれる。歴代校長会議の解決策の鍵は、現代を生きる校長が握っているとの暗黙が了解があるようだ。比嘉校長先生は妙案があるわけではないが覚悟を決めて言った。

「できるだけのことはやります」

「そうかありがとう。そろそろ時間だ。後はまかしたぞ。困ったらいつでも相談していいぞ。午前零時だったらだいじょうぶだ」

初代校長の田中先生が言った。校長室の外が白みはじめている。まもなく陽が昇ってくるであろう。

「それぞれの時代に戻る時間だぞ」

その声を合図に歴代の校長先生たちは写真の中に吸い込まれるように次々と消えていった。パジャマ姿の校長先生たちも、すっと部屋から消えていった。

夜明け前の校長室に比嘉校長先生は一人残っていた。壁には何事も無かったかのように校長先生たちの写真が並んでいる。

しかし、先ほどまでの出来事が夢ではない証拠として、校長室のホワイトボードに話し合いの内容が記されていた。

議題「子どもの命をいかにつなぐか」
現状「終戦直後の子どもで生きる意欲をなくしている子がいる」
決議「現代の校長ができることをみつけ今の子どもたちの命を守ること」

比嘉校長は、校長室のブラインドを上げて窓を開けた。さわやかな風が流れこみ陽の光が差し込んだ。今日も暑くなりそうだ。

後ろを振り返ると、〈今の子どもたちの命を守ること〉と書かれた文字が飛びこんでくる。やはり夢ではなく現実の出来事だとあらためて思い知らされた。と同時に大きな宿題を持たされたような気がした。壁に飾られた軍服姿の島元校長の写真は相変わらず悲しそうな目をしていた。

翌日、いつものように学校が始まった。比嘉校長先生は生きる気力を無くしているという金城昇一君のことを考えていた。七十年前の小学校五年生の男の子である。生きているとすれば八十歳ぐらいのお爺ちゃんになっているはずだ。

手がかりはすぐに飛びこんできた。

お昼の休み時間に校長室のドアがノックされた。三年生担任の望先生と女の子が立っていた。

「うちのクラスの金城さくらさんが校長先生に相談したいことがあるそうです」

担任の望先生に促されてさくらさんが話しはじめた。

「おじいちゃんのことです。私、おじいちゃんに悪いことをしてしまいました。聞いてはいけないことを聞いてしまったのです」

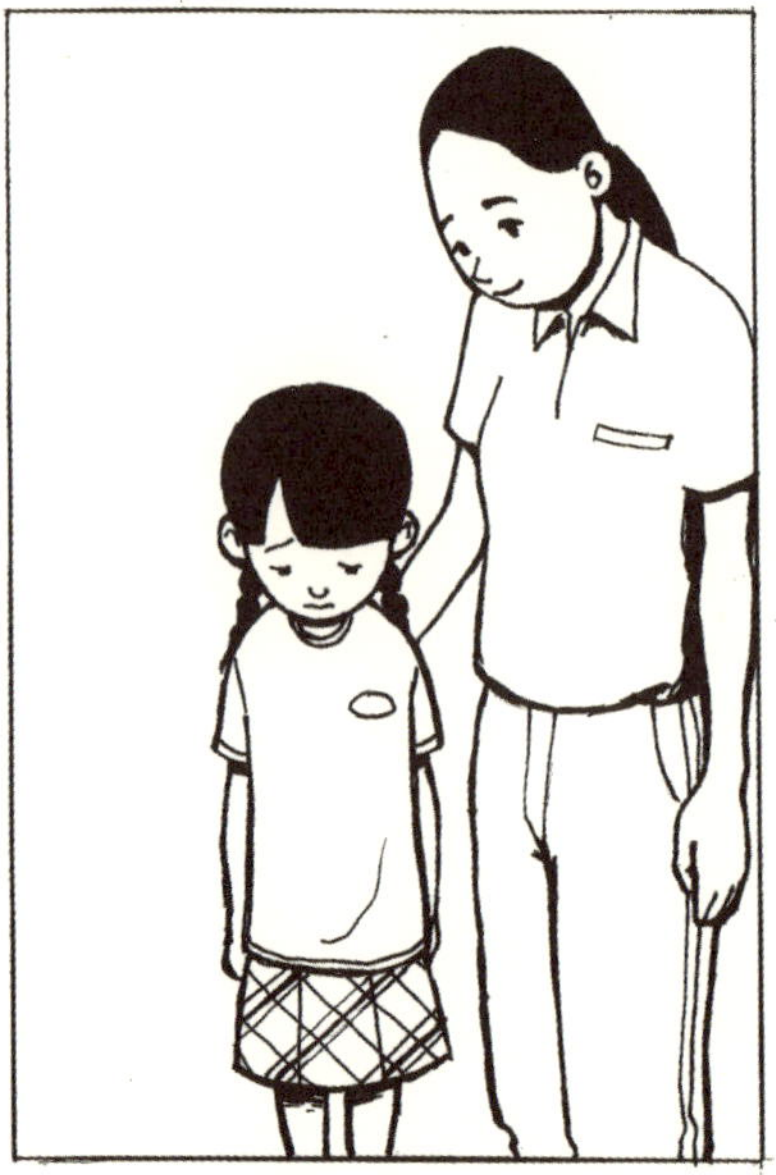

さくらさんは、しゃくり上げて泣きはじめた。

「校長先生、私が戦争の話をおじいちゃんから聞いてまとめてる宿題を出したんです」

望先生は困ったような顔でさくらさんを見つめながら続けて言った。

「さくらさん。おじいちゃんにお話を聞いたときの様子をお話ししてごらん」

さくらさんは、流れる涙を手で拭きながら話しはじめた。

「おじいちゃんは、私の手を握ってごめんなさいと謝るんです。『幸子ちゃん、ごめんね、幸子ちゃん、ごめんね』と繰り返しながら泣き続けるんです。おじいちゃん変になってしまったようです。ずっと、ずっと私の手を握って離そうとしませんでした」

「そうか、おじいちゃんはきっと誰にも話せないつらいことが戦争であったんでしょうね。だいじょうぶですよ、さくらさん。ところでおじいちゃんの名前はなんて言うの」

校長先生は優しい声でさくらさんに尋ねた。

「はい、金城昇一おじいちゃんです」

さくらさんは、小さな声で言った。

「そうなんだ」と比嘉校長先生は驚いた表情を見せながら言った。

その日の午前零時、比嘉校長先生の姿が校長室にあった。写真の中からは誰も抜け出している者はいなかったが、きょろきょろ目を動かしたり、首を動かしたりしているような気がした。比嘉校長先生はためらうことなく十九代目島元校長先生の写真の前に立った。するると写真の中の島元校長先生が話しはじめた。

「昼間、さくらさんを見てびっくりしたよ。昇一君の亡くなった妹の幸子ちゃんとそっくりなんだよ。さくらさんは昇一君のひ孫になるんだ」

やはり、そうだったんだと納得した。

「さくらさんのおじいちゃんは、どうして戦争の話をしないのでしょうか」

「思い出したくないんのだろう。昇一君は妹の幸子ちゃんと一緒に疎開船に乗っていたらしい。その船が敵の攻撃を受けて沈没してしまい海に投げだされた。二人は小さな板きれにつかまりながら、しっかりと手を握っていた」

写真の島元校長先生は、しばらく考え込むような表情をした。そしてふっと息を吐いて話しつづけた。

「しかし時間がたって波も高くなり、昇一《しょういち》君は妹の幸子ちゃんの手を離してしまったんだ。『お兄ちゃん助けて。お兄ちゃん助けて』と言いながら波間に消えていったらしい。今でも幸子ちゃんの声と姿が焼き付いて離れないんだろう、きっと。昇一君は自分が幸子ちゃんを死なせてしまったと思い続けているのだ」

話を聞きながら比嘉校長先生は七十年たっても戦争はまだ終わってないことを思いしらされたような気がした。だからこそ昇一おじいちゃんとさくらさんの役に立ちたいという思いが強くなった。

ふとひらめいたことを島元校長先生に向かって言った。

「さくらさんが手紙を書いたら、昇一君に届けることができるでしょうか」

島元校長は少し怪訝な顔を見せたが、直ぐに笑顔で応えた。

「それは、いい考えだ。二通書いてもらうがいい。七十年前の昇一君へは私が届ける。私の写真の前に置いておくがいい。もう一通は、今の昇一おじいちゃんへさくらさんが渡してあげたら喜ぶだろう」

そう言うと、写真の中の島元校長は元に姿に戻って動かなくなった。

翌日、比嘉校長先生は、さくらさんへ二通の手紙を書くことを提案すると、手紙はすぐに校長室に届けられた。

おじいちゃんへ

私は総合的な学習の時間に戦争のことについて調べたよ。

私が住んでいる所ではたくさんの人たちが亡くなったんだね。

おじいちゃんも大事な妹や家族を亡くしてとてもとてもつらかったんだよね。

そんな苦しい中を生きぬいてくれてありがとう。

おじいちゃんが頑張って生きてくれたからさくらも生まれてきたんだよ。

さくらまで命をつないでくれてありがとう。

大好きなおじいちゃんへ

さくら より

比嘉校長先生は受け取った手紙を、第十九代の島元校長先生の写真の前にそっと置いた。


後日、校長室のドアをノックする者がいた。さくらさんと昇一おじいちゃんだった。

「いや、島元校長先生の写真が急に見たくなって来たんだが、よろしいでしょうか」

晃一おじいちゃんの手は、しっかりとさくらさんの手を握っていた。

「校長先生、あのね、おじいちゃん、おかしな事言っていたよ。私が渡した手紙、ずいぶん昔にも読んだような気するんだって。そのときに生きていたいと強く思ったんだって。変だよね」

帰り際に、さくらさんはにこにこして話してくれた。

誰かが笑ったような気がして見上げると、写真の中にいる軍服姿の島元校長先生がピースサインを送っていた。

そんな事があってから、比嘉校長先生は、午前零時の「歴代校長会議」の招集状が届いてないか、ワクワクしながら学校に出勤するようになった。

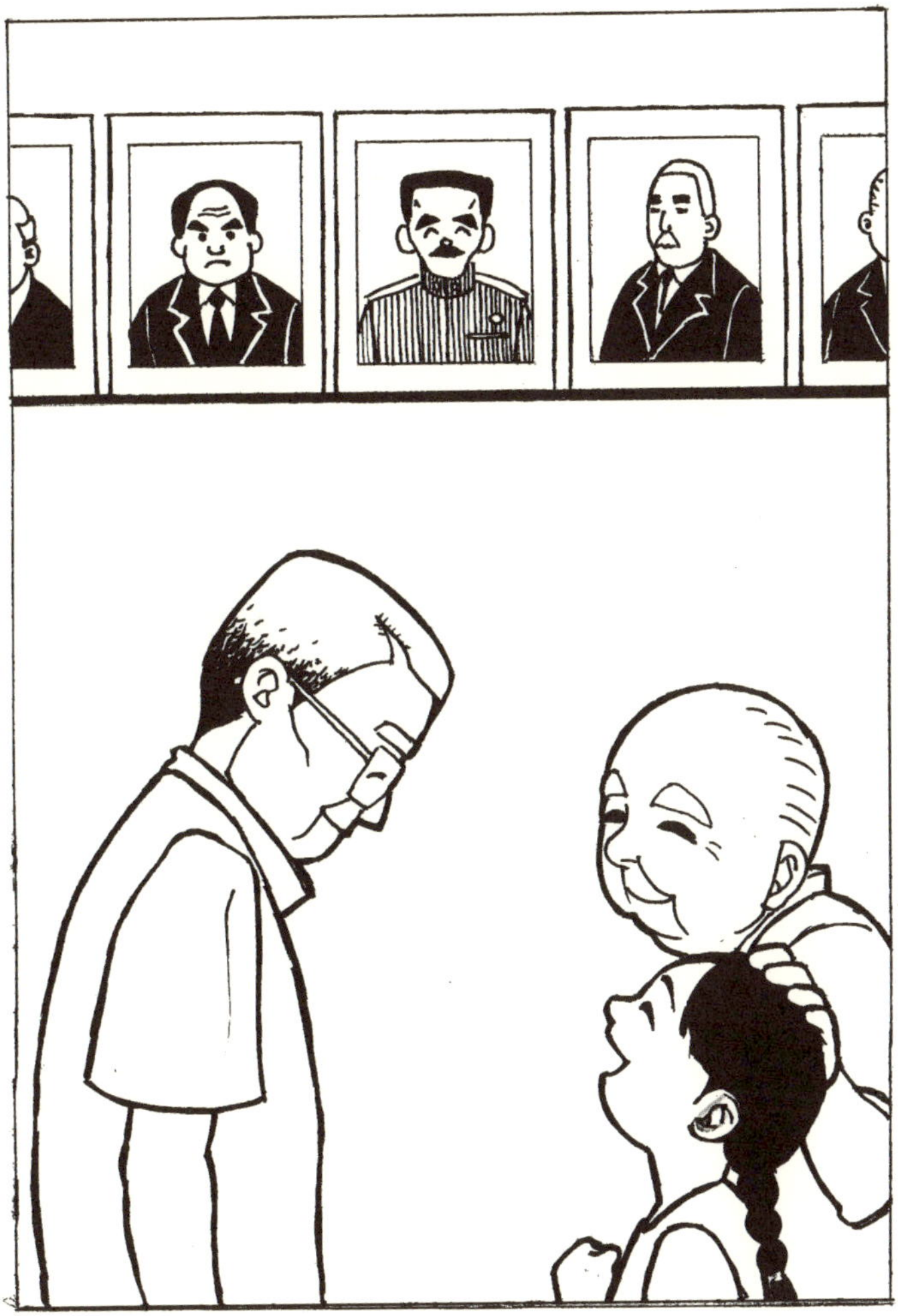

あとがき

教師生活三十八年間で多くの子どもたちと出会いました。そのような子どもたちからヒントを得ながら十年程前から物語を書いてきました。その中から退職を機に八編を短編小説集としてまとめてみました。読み返すと文章としておかしいところや各作品のコンセプトが似通っていて広がりがないと痛感しています。発刊する事へもためらいもありましたが、出会った子どもたちへの感謝の意味も込めてまとめることにしました。

主人公は子どもたちですが、実は、この本を読んで欲しいのは親や教師です。私自身、教師として日々悩むことが多かったように思います。それはきっと子どもたちを「子ども扱い」していたからだと思います。子どもたちに対して人格を持った一人の人間として向き合うことが大事だとはわかっていてもなかなかできませんでした。「教えなければいけない」という「教師根性」が染みついているのかも知れません。そのことは、作品にも表れていて、教師以外の方が読むときっと教師臭さを感じると思います。ご指摘よろしくお願いします。

　さて、作品の中には、子どもたちと関わる親や学級担任及び校長先生がよく登場してきます。親として、教師としてそうありたいと思う姿を時として登場させています。特に「だいじょうぶだよ」に登場させた「木野聖子先生」は、私が理想とする教師像に近いです。子どもたちの背中を「だいじょうぶだよ。できるよ」とそっと押す事ができる大人が周りにいれば子どもたちは勝手にすくすくと育っていくと思います。

　最後に、私のつたない作品にイラストを描いてくれた赤崎ひとみさん、久場郁歩さん、久場千聖さん、久場香苗さん、宮城那津美さんに感謝申し上げます。またボーダーインクの新城和博さんにも大変お世話になりました。ありがとうございます。

著者

金城毅（きんじょうつよし）

1958年糸満市生まれ。糸満高校をへて、琉球大学教育学部卒業。1981年に豊見城市立上田小学校に採用されたあと、渡嘉敷小学校、西崎小学校、光洋小学校、渡名喜小学校、糸満小学校、伊江小学校、潮平小学校、真壁小学校、米須小学校、糸満市教育委員会へ勤務。
自作の童話や短編小説で読み聞かせや読み語り、校長講話を行う。
「グソバーレー」 第18回ふくふく童話大賞佳作
「洗骨」 第3回沖縄文学賞佳作
「校長室の秘密」 第20回ふくふく童話大賞大賞
「お父さんからの手紙」 第30回琉球新報 児童文学賞佳作

短編小説集
午前零時の歴代校長会議

２０１９年３月５日 初版第一刷発行

著 者 金城 毅
発行者 池宮 紀子
発行所 (有)ボーダーインク
沖縄県那覇市与儀２２６－３
http://www.borderink.com
tel 098-835-2777 fax 098-835-2840
印刷所 株式会社 東洋企画印刷
定価はカバーに表示しています。本書の一部を、または全部を無断で複製・転載・デジタルデータ化することを禁じます。

ISBN978-4-89982-360-5 ©KINJO Tsuyoshi 2019 printed in OKINAWA Japan